Geschichten aus dem Pfarrhaus – von Vilma Riehs

Das sechste Gebot

Die Motorradmesse

Vilma Riehs

Geschichten aus dem Pfarrhaus

Das sechste Gebot

Die Motorradmesse

ISBN 3-933448-36-0
Titelbild: Bildagentur Mauritius GmbH / Bild-Nr. 00827122
Dieses Werk ist einschließlich aller seiner Teile urheberrechtlich geschützt.
Jede Verwertung außerhalb der engen Grenzen des Urheberrechts ist ohne
Zustimmung des Verlages unzulässig und strafbar. Dies gilt insbesondere
für Vervielfältigungen, Übersetzungen, Mikroverfilmungen und
die Einspeicherung und Verarbeitung in elektronischen Systemen.
© 2004 Concorde Verlag GmbH, München

Vilma Riehs

Das sechste Gebot

Max, der Kater, war zwar nicht mehr der Jüngste, aber immer noch ungemein clever, wenn es darum ging, sich ein Extraleckerchen zu erschnurren.

Er strich so lange um die Beine der neunundfünfzigjährigen Pfarrhaushälterin, bis sie weich war, wobei er seinen Schwanz kerzengerade hochstreckte, als wollte er durch unübersehbares Aufzeigen dezent auf sich aufmerksam machen.

Die Frau und das Tier straften die Behauptung, Katze und Maus würden sich nicht vertragen, seit Jahren Lügen. Frau Maus und der schwarze Kater waren, abgesehen von gelegentlichen kleinen Meinungsverschiedenheiten, seit Jahren ein Herz und eine Seele. An diesem Morgen hatte Erika Maus es eilig, doch das konnte Max natürlich nicht davon abhalten, sich schnurrend an ihren Beinen zu reiben.

Frau Maus mußte sehr genau aufpassen, wo sie hintrat, denn der samtpfötige Kater war überall – ein lebendiges

Hindernis, das sich an allen Orten unvermittelt aufbaute und über das man ziemlich böse stürzen konnte.

Die Köchin war beim Bäcker aufgehalten worden. Nun mußte sie sich sputen, denn Kaplan Klingmann durfte nicht zu spät in die Schule kommen.

Er hatte gleich in der ersten Stunde Religionsunterricht, und wenn er nicht pünktlich war, ging es in der Klasse drunter und drüber.

Hastig stellte Frau Maus das Körbchen mit den Brötchen auf den Tisch. „Der Kaffee ist gleich soweit", sagte sie. Als sie sich umdrehte, stolperte sie über Max. „Heiliger Str ..." Sie preßte schnell die Lippen zusammen und schaute verlegen zur Tür, in der soeben der Pfarrer erschienen war.

Paul Schmieder grinste breit. „Was höre ich da aus deinem Mund, Erika?" fragte er belustigt.

Frau Maus legte die Hand betroffen auf ihre Lippen und murmelte: „Mein Gott, jetzt sage ich es auch schon. Aber ist es ein Wunder, wenn man es von Ihnen täglich zu hören bekommt, weil Sie sich nicht beherrschen können?"

„Es befreit doch. Oder etwa nicht?"

„Es gehört sich nicht für einen katholischen Priester, so etwas zu ..."

„Unser Herrgott wird es mir nachsehen", fiel der grauhaarige Pfarrer seiner Haushälterin ins Wort und setzte sich zu Jürgen Klingmann. Endlich war der Kaffee durch die Maschine gelaufen. Frau Maus stellte die Kanne auf den Tisch, und als ihr der Kater abermals ein Bein stellen wollte, war für sie das Maß voll.

„Max!" schrie sie erbost. „Jetzt reicht es aber!" Sie bückte sich, griff das Tier mit beiden Händen und trug es hinaus in den Küchengarten. „Du gehst jetzt ein bißchen an die frische Luft!" sagte sie energisch.

„Miau!" beschwerte sich Max.

„Jawohl, Miau! Und laß dich erst in einer halben Stunde wieder blicken, dann habe ich Zeit für dich, eher nicht." Sie kehrte zu Pfarrer Schmieder und Kaplan Klingmann zurück.

„Sie waren schon mal netter zu Mäxchen", meinte Jürgen Klingmann schmunzelnd.

„Immer wenn ich es eilig habe, streicht er mir besonders aufdringlich um die Beine", erwiderte Erika Maus barsch. „Das macht er extra."

„Er liebt Sie."

„Er liebt das Futter, das ich ihm gebe."

„Sie tun ihm unrecht."

„Na schön, vielleicht tue ich ihm unrecht. Ich habe jedenfalls keine Lust, mir schon am frühen Morgen ein Bein oder einen Arm zu brechen", sagte Frau Maus spröde. Damit war das Thema für sie beendet.

Paul Schmieder goß Milch in seinen Kaffee. „Wie geht es in der Schule?" fragte er den jungen Kaplan.

„Ganz gut."

„Sind die Schüler sehr aufgeweckt?"

„Es sind ein paar Rabauken dabei, die ganz gern den Unterricht stören würden, aber ich habe sie recht gut im Griff."

„Wenn Sie den Religionsunterricht interessant gestalten wollen, müssen Sie versuchen, Vergangenes mit Gegenwärtigem zu verbinden."

Jürgen Klingmann biß von seinem Brötchen ab, das er mit zwei Scheiben Schinkenwurst belegt hatte. „Das tue ich, und ich streue ab und zu einen Witz ein, um den ernsten Stoff ein wenig aufzulockern." Der einunddreißigjährige Kaplan lächelte. „Heute werde ich zum Beispiel den erzählen: Ein Heide hat zum erstenmal in seinem Leben an einem Gottesdienst teilgenommen. ‚Wie war's?' wollen seine heidnischen Freunde neugierig wissen. ‚Sehr schön', gibt der Gefragte Auskunft. ‚Zuerst hat der Pfarrer gesprochen, und dann wurde ein Körbchen mit Geld herumgereicht ... Ich hab' mir auch zwanzig Mark genommen.'"

Paul Schmieder lachte. „Wo haben Sie denn den her?"

„Der Totengräber hat ihn mir gestern erzählt." Klingmann leerte seine Kaffeetasse.

„Da wir gerade bei der Kollekte sind: Die letzte ist ziemlich mager ausgefallen", sagte Pfarrer Schmieder unzufrieden. „Ich muß bei der nächsten Predigt mal wieder die Gebefreudigkeit unserer Schäfchen ein wenig wachrütteln."

Der Kaplan erhob sich. „Ich muß gehen."

Er verließ das Pfarrhaus und ging zu Fuß zur Schule, denn es lohnte sich nicht, die paar Schritte mit dem Motorrad zu fahren. Schwester Innozentia, die das Martinsheim leitete, das sich gegenüber der Schule befand, kam ihm entgegen.

„Guten Morgen, Schwester", grüßte er die Fünfzigjährige freundlich.

„Guten Morgen, Herr Kaplan. Schöner Tag heute."

Jürgen Klingmann blinzelte in die Sonne. „Ja, den sollte man frei haben."

„Was würden Sie denn dann tun?"

„Mit dem Motorrad durch die Botanik fahren und mich an ihrem wunderschönen Anblick erfreuen."

„Dafür haben Sie nach dem Unterricht ja immer noch Zeit", gab Innozentia, eine resolute, aber auch sehr hilfsbereite Frau, zurück. Im Martinsheim kamen betagte, alte Leute unter, um die sich sonst niemand kümmerte. Das Heim wurde von der Gemeinde und der Kirche zu gleichen Teilen unterhalten.

Jürgen Klingmann streckte den Zeigefinger hoch.

„Falls nicht, wie sooft, irgend etwas Unvorhergesehenes dazwischenkommt."

*

In Schönwies war wohl niemand weniger beliebt als die Schwestern Sophie Jäger und Fanny Gressl. Das Gesetz hätte sie zum Tragen eines Schildes mit der Aufschrift „Vorsicht! Bissig!" verpflichten sollen, damit gleich jeder wußte, woran er mit ihnen war.

Ihnen an einem so wunderschönen Morgen über den Weg zu laufen, mußte schon beinahe als Strafe Gottes angesehen werden – und ausgerechnet Innozentia mußte das passieren.

„Grüß Gott, Schwester", sagte Sophie Jäger mit gespielter Freundlichkeit. „So früh schon unterwegs?"

„Ja, in die Apotheke."

„Sie sind doch hoffentlich nicht krank."

„Nein, einer meiner Schützlinge hat mich gebeten, ihm das Medikament, das Doktor Ackermann ihm gestern verschrieben hat, zu holen", gab die Gemeindeschwester zurück und wollte gleich weitergehen, aber sie kam an den großen, rothaarigen, stetig Gift verspritzenden Frauen nicht vorbei.

„Kann er das nicht selbst tun? Sie sind viel zu gut, Schwester Innozentia. Dadurch nutzen alle Sie aus."

„Ich fühle mich nicht ausgenutzt, wenn ich einem alten Menschen, der nicht mehr gut laufen kann, einen kleinen Gefallen tue."

„Es muß ziemlich anstrengend sein, das Martinsheim zu leiten", sagte Sophie Jäger. Man konnte wirklich nicht mit Sicherheit feststellen, wer das bissigere Luder war – sie oder ihre Schwester.

„Ich schaff' das schon", erwiderte Innozentia, die die Roten Schwestern ebensowenig mochte wie die übrigen viertausend Einwohner von Schönwies, und sie machte auch kein Hehl daraus.

„Sie sollten mal ausspannen. Sie sehen müde aus", tat Fanny Gressl besorgt.

Im hellen Schein der Morgensonne glichen die Haare der Schwestern brennenden Dornenbüschen.

„Ja, wirklich. Diese Schatten unter Ihren Augen sollten nicht sein", meinte Sophie Jäger voller falscher Anteilnahme.

„Wann haben Sie zum letzten Mal Urlaub gemacht?"

„Voriges Jahr."

„Dann wird's mal wieder Zeit, würde ich sagen. Oder, noch besser: Lassen Sie sich von Doktor Ackermann auf Kur schicken. Dann machen Sie Urlaub und brauchen nichts dafür zu bezahlen."

„Wie die Espachers zum Beispiel", wußte Fanny Gressl sofort zu berichten.

„Die kosten unsere Krankenkasse einen hübschen Batzen Geld. Vor zwei Monaten war Vitus Espacher zur Kur, jetzt fährt seine Frau. Und was fehlt den beiden? Nichts."

Sophie Jäger zog die Mundwinkel nach unten. „Ein bißchen Rheuma haben sie."

Ihre Schwester winkte ab. „Das haben wir alle. Aber lassen wir es uns deshalb gleich auf Krankenkassenkosten gutgehen? Nein. Wir kurieren unsere Wehwehchen zu Hause aus."

„Weil wir dumm sind", sagte Sophie Jäger.

„Während andere sich gratis ein schönes Leben machen", setzte Fanny noch dazu.

Sophies Augen wurden schmal. „Wenn der Vitus keinen Kurschatten hatte, fresse ich einen Besen."

Fanny lachte schadenfroh. „Jetzt hat seine Frau Gelegenheit, es ihm heimzuzahlen."

„Und wir bezahlen dieses Lotterleben auch noch mit unseren Beiträgen. Eine Schande ist das."

„Eine himmelschreiende Ungerechtigkeit", setzte Sophie noch eins drauf. „Daß Doktor Ackermann so etwas unterstützt, ist mir unbegreiflich."

„Wo gibt es heutzutage noch Sitte, Anstand und Moral?" fragte Fanny Gressl anklagend. „Als ich jung war, wurde auf so etwas noch geachtet, da wurden diese Werte noch hochgehalten, aber heute ..."

„Saudumm und Gomorrha."

„Sodom", korrigierte Sophie ihre Schwester.

„Genau", sagte Fanny, die ehemalige Lehrerin, die das Lehramt aufgegeben hatte, weil sie sich nicht länger mit der „heutigen Jugend" herumärgern wollte.

Sophie nickte grimmig. „Vielleicht sollten wir Doktor Ackermann auch mal bitten, uns einen Gratisurlaub zu verordnen."

„Gleiches Recht für alle."

Die Gemeindeschwester bat die Roten Schwestern, sie zu entschuldigen. „Ich habe noch vieles zu erledigen", sagte sie, „und so ein Vormittag ist schnell herum."

„Sie sollten sich Ihre Zeit besser einteilen", empfahl Sophie Jäger.

„Und sich vor allem nicht von jedem in die Apotheke oder sonstwohin schicken lassen", meinte Fanny Gressl. „Die Leute, die in Ihrem Heim wohnen, sind alt. Sie haben jede Menge Zeit, mit der sie ohnedies nichts Rechtes anzufangen wissen."

„Die Bewohner des Martinsheims sind alt, arm und zum Teil schon sehr gebrechlich, aber sie sind mir lieber als Leute, die an ihren Mitmenschen kein gutes Haar lassen", gab die Gemeindeschwester spitz zurück und setzte ihren Weg fort.

Fanny Gressl sah ihr mit gefurchter Stirn nach. „Wen hat sie damit gemeint? Doch nicht etwa uns?"

„Nein", gab Sophie Jäger kopfschüttelnd zurück, „uns nicht, denn wenn wir über jemand schlecht reden, dann ist es die Wahrheit – und die wird man ja wohl noch ungeniert sagen dürfen."

*

Hermann Lösch, Apotheker und Vorsitzender des Kirchengemeinderats, betrat das Pfarrhaus mit grimmiger Miene.

„Nanu, Herr Lösch", sagte Erika Maus verwundert. Sie war gerade beim Kartoffelschälen. „Was ist Ihnen denn über die Leber gelaufen?"

Die Furche über der Nasenwurzel des fünfundfünfzigjährigen Mannes wurde noch tiefer, als sie ohnehin schon war. „Ist der Herr Pfarrer da?"

Die Wirtschafterin nickte. „In seinem Arbeitszimmer."

„Darf ich ihn stören?"

„Wenn es etwas Wichtiges ist."

„Ich muß mit ihm über Kaplan Klingmann reden."

„Was paßt Ihnen denn diesmal nicht an ihm?" Hermann Lösch war fast immer gegen alles und vor allem gegen die Ansichten des jungen Kaplans, deshalb wollte sich Erika Maus sogleich schützend vor Jürgen Klingmann stellen.

Doch Lösch antwortete nur: „Das werde ich dem Herrn Pfarrer sagen."

Paul Schmieder arbeitete an seiner Sonntagspredigt. Das Gerippe stand schon, nun wollte er darangehen, Fleisch dranzuhängen, damit das Ganze einen kompakten Körper bekam. Es klopfte. Der Geistliche hob den Kopf. „Ja, bitte?"

Die Tür öffnete sich, und der Kirchengemeinderatsvorsitzende trat ein. „Grüß Gott, Herr Pfarrer, haben Sie ein bißchen Zeit für mich?"

„Natürlich. Setzen Sie sich. Was kann ich für Sie tun?"

Der Apotheker nahm Platz und rieb die feuchten Handflächen an seinen Schenkeln trocken. „Ich habe eine Beschwerde vorzubringen", sagte er.

„Eine Beschwerde." Paul Schmieder nickte bedächtig. Er trug wie immer seine Soutane, die er nur zum Schlafen ablegte.

„Ja", sagte der Apotheker rauh.

„So, so. Und worüber oder über wen möchten Sie sich beschweren, Herr Lösch?"

„Über Ihren Stellvertreter."

„Womit hat er denn diesmal Ihr Mißfallen erregt?"

„Mir gefällt die Art und Weise nicht, wie er seinen Religionsunterricht gestaltet."

„Was haben Sie daran auszusetzen?" wollte Schmieder vom Apotheker wissen.

„Mir kam zu Ohren, daß er den Schülern Witze erzählt, anstatt ihnen den katholischen Glauben nahezubringen. Witze! Im Religionsunterricht! Das ist doch keine Karnevalsveranstaltung!"

Paul Schmieder lehnte sich zurück. Seine blauen Augen wurden etwas dunkler. „Ich finde nichts Verwerfliches daran." Der Geistliche stellte sich des öfteren nur deshalb hinter seinen Kaplan, um Hermann Lösch zu ärgern, doch diesmal tat er es, weil er davon überzeugt war, daß Jürgen Klingmann seinen Unterricht richtig gestaltete. „Haben Sie schon mal versucht, Kinder, die eine Menge Schabernack im Kopf haben, dazu zu bringen, Ihnen eine volle Stunde lang aufmerksam zuzuhören, Herr Lösch?"

„Witze haben im Religionsunterricht nichts verloren. Die Religion ist eine ernste, seriöse Sache."

Der Geistliche lächelte. „Wem sagen Sie das."

„Man hört die Schüler bis auf die Straße heraus schallend lachen."

„Lachen ist gesund."

Der Apotheker schüttelte trotzig den Kopf. „Nicht während des Religionsunterrichts."

„Ach, Herr Lösch, sind Sie wirklich so humorlos, oder wollen Sie unserem Kaplan, der Ihnen seit seinem ersten Tag hier in Schönwies ein Dorn im Auge ist, nur mal wieder auf die Zehen treten?"

„Ich verlange, daß Kaplan Klingmann seinen Religionsunterricht mit der nötigen Würde und Seriosität – wie man sie von einem Vertreter der Kirche ja wohl erwarten darf – gestaltet."

„Na schön, Herr Lösch." Paul Schmieder nickte freundlich. „Ich habe Ihre Forderung zur Kenntnis genommen."

Der Apotheker musterte den Geistlichen unsicher. „Und?"

„Was – und?"

„Werden Sie Kaplan Klingmann die entsprechende Weisung erteilen?"

„Nein", antwortete Paul Schmieder trocken und erhob sich. „War das alles, was Sie vorzubringen hatten? Dann entschuldigen Sie mich bitte. Ich habe an meiner Predigt zu arbeiten."

*

„Fertig mit Packen?" fragte der vierzigjährige Vitus Espacher seine Frau.

Johanna Espacher, ein Jahr jünger als er, fest und drall, nickte. „Ja."

Er zog sie in seine Arme. „Du wirst mir fehlen."

„Wegen der Arbeit, die du jetzt allein machen mußt?" fragte die Bäuerin.

„Blödsinn. Weil ich gern mit dir zusammen bin." Vitus sah gut aus. Früher, bevor er verheiratet gewesen war, war kein Weiberrock vor ihm sicher gewesen.

Doch nach der Hochzeit war der Zugvogel seßhaft geworden. Er und Johanna hätten gern drei, vier Kinder gehabt, aber es hatte leider nicht geklappt, und so war ihre Ehe kinderlos geblieben.

Sie hatten sich inzwischen mit dieser gottgewollten Fügung abgefunden. Kinder zu adoptieren kam für Vitus Espacher nicht in Frage. Er wollte entweder eigene Kinder haben oder keine.

Er küßte Johanna, die die gleiche Kur in derselben Stadt machen würde wie er. „Die drei Wochen werden dir guttun. Wie neugeboren wirst du dich hinterher fühlen." Er kniff sie in die Wange. „Ich habe dich jede Woche mindestens einmal angerufen, und das werde ich wieder tun."

„Ich freue mich, wenn du anrufst", sagte Johanna.

Vitus hob den Finger. „Laß dir ja nicht den Kopf verdrehen."

„Keine Angst, ich lege mir schon keinen Kurschatten zu."

„Das Angebot an feschen Männern wird sicher sehr groß sein, und sie haben nach der Behandlung den ganzen Tag nichts Besseres zu tun, als Jagd auf hübsche Frauen zu machen."

„Mich interessiert kein anderer Mann. Du weißt, daß du dich auf mich verlassen kannst. Ich könnte dich nie betrügen."

„Ich hätte es auch nicht gekonnt, obwohl die Auswahl recht verlockend war. Ich hätte jede Menge Chancen gehabt."

Johanna nickte. „Das kann ich mir sehr gut vorstellen."

„Man sollte es nicht für möglich halten, wie verheiratete Frauen sein können, wenn sie mal Gelegenheit haben, aus dem Ehealltag auszubrechen. Von damenhafter Zurückhaltung keine Spur. Manche sind angekommen und haben gleich am ersten Tag die Männer unter sich aufgeteilt. Du nimmst diesen, du jenen, ich den."

„Und wer wollte dich haben?" fragte Johanna.

„Eine gewisse Claudia Behrens", sagte Vitus, „aber sie hat mich nicht gekriegt."

„Und das hat sie so einfach hingenommen?"

„Es blieb ihr nichts anderes übrig, als sich damit abzufinden. Wir wurden Freunde, gingen miteinander spazieren, machten Ausflüge, unterhielten uns, aber mehr passierte nicht."

„War sie schön, diese Claudia Behrens?"

„Sie sah nicht übel aus." Vitus nahm Johannas Koffer und trug ihn aus dem Haus. Sie mußten mit dem Traktor fahren, weil ihr Wagen ohne Motor in der Garage stand.

In zwei Wochen würde Vitus einen Austauschmotor bekommen und ihn selbst einbauen. Er war in diesen Dingen sehr geschickt, obwohl er den Beruf des Automechanikers nicht erlernt hatte. Man kann sich auch durch viel Zusehen und Mithelfen bei Freunden so manches aneignen.

Sie fuhren durch die Neustraße, vorbei an der Diskothek „Rainbow", Richtung Bahnhof. Der Postmichl winkte ihnen und rief: „Gute Erholung, Johanna!"

Die Bäuerin winkte lächelnd zurück. „Danke!"

„Schreib mir mal eine Karte!"

Johanna lachte. „Da du sowieso jede Karte liest, genügt es, wenn ich Vitus eine schicke und einen Gruß für dich mit draufschreibe."

Sie erreichten den Bahnhof. Vitus stellte den Traktor davor ab und half seiner Frau beim Absteigen, dann nahm er ihren Koffer und trug ihn auf den Bahnsteig.

Vitus warf einen Blick auf die große Bahnhofsuhr. „Noch zehn Minuten", sagte er.

„Versprich mir, daß du ordentlich essen wirst", verlangte Johanna.

Vitus schmunzelte. „Mal beim Unterwirt, mal beim Oberwirt, mal im Gasthaus ‚Zum Hirsch' und mal in der Pizzeria."

„Nichts da! Jeden Tag essen gehen, kommt zu teuer. Du wirst dir schön brav selbst was zubereiten, und du wirst essen, was ich für dich vorgekocht und eingefroren habe. Wenn ich zurückkomme, muß die Kühltruhe leer sein, verstanden?"

Er legte die Hände an die Hosennaht und schlug zackig die Hacken zusammen. „Jawohl, Herr General – äh – Frau General!" sagte er grinsend.

Der Zug kam.

Vitus stieg mit seiner Frau ein und verstaute ihren Koffer. Es war noch Zeit für einen herzhaften Kuß, dann mußte Vitus raus.

Johanna beugte sich aus dem Fenster. Sie hatte Tränen in den Augen. „Gott, was bin ich blöd", sagte sie und lachte verlegen. „Wieso heule ich, als wäre es ein Abschied für immer?"

„Ich hab' dich lieb", sagte Vitus.

„Ich dich auch."

Der Zug fuhr weiter, und Vitus winkte seiner Frau so lange, bis er sie nicht mehr sehen konnte. Er kam sich ziemlich schäbig vor, weil er Johanna so dreist belogen hatte.

Erstaunlich, wie glatt ihm die Unwahrheit über die Lippen gekommen war. Als wäre sein Gewissen so rein wie das eines neugeborenen Kindes.

Dabei hatte er seine Frau mit Claudia Behrens jeden Tag betrogen – drei Wochen lang! Liebe Güte, wenn Johanna das gewußt hätte. Sie wäre Amok gelaufen.

Er war Claudia gleich am Nachmittag des ersten Tages im Kurpark begegnet und hatte sie mit riesigen Glotzaugen angestarrt. Er hatte die Szene vor sich.

„Habe ich einen Tintenklecks in meinem Gesicht?" fragte die junge Frau lachend.

„Wie – wieso?" stammelte er. Er war völlig durcheinander. So etwas war ihm noch nie passiert. Bei ihm hatte der Blitz eingeschlagen.

„Nach Ihrem Blick zu schießen, muß ich ganz schrecklich aussehen", sagte sie mit einem traumhaften Schmelz in der Stimme.

„O nein, nein", beeilte er sich zu sagen, „Sie sehen großartig aus. Wunderbar. Bezaubernd. Bildhübsch sind Sie."

Sie senkte kokett den Blick. „Vielen Dank."

„Bitte." Er ärgerte sich über seine Unsicherheit, aber sie war so umwerfend schön, und er hatte im Flirten keine Übung mehr.

Sie streckte ihm unvermittelt die Hand entgegen. „Ich bin Claudia."

Er ergriff die Hand. „Ich heiße Vitus."

„Ich bin heute angekommen", sagte Claudia.

„Ich auch."

„Aus welcher Stadt?" wollte Claudia wissen.

„Aus Schönwies, das ist ein Dorf mit viertausend Einwohnern zwischen Franken- und Bayernwald."

Sie nickte, aber er sah ihr an, daß sie noch nie von Schönwies gehört hatte. „Ist es ein schönes Dorf?" erkundigte sie sich.

„Mir gefällt es, und den Leuten, die aus der Stadt zu uns auf Sommerfrische kommen, auch." Langsam legte sich seine Nervosität, er wurde sicherer. Immerhin sah er ja auch nicht übel aus. „Woher kommen Sie, wenn man fragen darf?"

„Aus München", sagte Claudia.

Sie trug ein cremefarbenes, schlank geschnittenes und sehr elegantes Kostüm aus fast transparentem Feingabardine. Er versuchte sich Johanna darin vorzustellen. Es war ihm nicht möglich. Seine Frau hätte so etwas nicht tragen können. Sie war zwar nicht dick, aber vollschlank, und deshalb hätte sie in diesem todschicken Kostüm unmöglich ausgesehen.

„Da ist mir zuviel Betrieb", sagte Vitus.

„Ich bin ihn gewöhnt", gab Claudia achselzuckend zurück. „Werden Sie auch drei Wochen hier sein?"

„Ja."

Sie sah sich um und seufzte. „Ich kenne hier niemanden."

Vitus lächelte.

„Sie kennen mich", sagte er. Allmählich kam sein eingerosteter Charme wieder in Schwung. „Wenn Sie nicht allein sein möchten ... Ich will es auch nicht ... Wir könnten uns zusammentun ..."

Da war ein interessiertes Funkeln in ihren himmelblauen Augen. „Ich nehme Ihr Angebot gerne an."

„Das freut mich, freut mich ungemein."

Ohne es zu merken, hatten sie angefangen, nebeneinander herzugehen, und es war ihm, als würde er Claudia schon eine Ewigkeit kennen.

Es war so angenehm, sich mit ihr zu unterhalten. Sie konnte zuhören, und sie ging auf alles ein, was er sagte. Sie entdeckten gemeinsam den großen Park und fühlten, wie sie einander näher und näher kamen.

Ein schlechtes Gewissen hatte Vitus nicht. Was tat er denn schon? Er unterhielt sich mit einer intelligenten, gebildeten Frau, die zufällig auch wunderschön und äußerst begehrenswert war. Das durfte er doch. Dagegen konnte Johanna nichts haben. Johanna ... Er verdrängte sie aus seinen Gedanken. Sie war nicht da. Aber Claudia war da, und sie zog ihn so sehr an, daß sein Herz jedesmal anfing zu rasen, wenn er ihr in die großen, funkelnden Augen sah.

In ihm erwachten beunruhigende Wünsche und Sehnsüchte, und seine Phantasie ging immer wieder mit ihm durch. Er stellte sich Dinge vor ... Dinge! O Gott! Man ist eben nur ein Mensch, dachte er. Ein Mann. Nicht aus Holz. Man fühlt, man sieht, man reagiert, man empfindet ... Ich bin nicht mit der Absicht hierher gekommen, mich gleich am ersten Tag in ein leidenschaftliches Abenteuer zu stürzen, aber wenn es jetzt passieren würde, ich hätte nicht die Kraft, dagegen anzukämpfen.

Sie zögerten es bis nach dem Abendessen hinaus – aber dann ... Vitus wußte inzwischen, daß Claudia seit zwei Jahren geschieden war.

Sie war hungrig. Ein verzehrendes Feuer loderte in ihrem Blick, der ihm verriet, daß er alles von ihr haben konnte. Alles! Von dieser bildschönen, verführerisch attraktiven Frau! Ich glaube, nicht einmal Kaplan Klingmann könnte dieser ungeheuren Versuchung widerstehen, brachte Vitus in Gedanken zu seiner Entschuldigung hervor, kurz bevor er kapitulierte und den Dingen, die sich ohnedies nicht hätten aufhalten lassen, ihren Lauf ließ ...

Von da an geschah es immer wieder – jeden Tag. Und Vitus hätte sich selbst belogen, wenn er behauptet hätte, daß es auch nur ein einziges Mal gegen seinen Willen passiert und ihm unangenehm gewesen wäre.

Das Gegenteil war der Fall. Jedes Zusammensein mit Claudia glich einem süßen Rausch, der ihn süchtig machte und nach dem er sich immer wieder aufs neue sehnte, sobald er vergangen war.

*

Der neue Witz war prima angekommen, die Schüler hatten herzlich gelacht und hinterher regeren Anteil am Religionsunterricht genommen.

Sie mochten den jungen Kaplan, sahen in ihm nicht bloß ein Mitglied des „ehrwürdigen" Lehrkörpers, sondern eher einen guten Freund, mit dem man über alles reden, an den man sich wenden konnte, wenn man Sorgen hatte, der sich stets bemühte, einem zu helfen und so gut wie nie um einen Rat verlegen war.

Sie hatten Vertrauen zu Kaplan Klingmann und wären jederzeit für ihn – ebenso wie er für sie – durchs heißeste Feuer gegangen. Einer für alle und alle für einen.

Die meisten von ihnen lernten den Religionsstoff nicht, weil er sie so rasend interessierte, sondern um dem Kaplan zu imponieren und ihm eine reine Freude zu machen. Selbst der schlechteste Schüler glänzte mit einem Wissen, das ihm kein anderer Pädagoge zu vermitteln vermocht hätte.

Einer von ihnen lief Jürgen Klingmann nach der Unterrichtsstunde nach. „Herr Kaplan! Herr Kaplan!"

Klingmann, der das Klassenzimmer verlassen hatte, blieb stehen und drehte sich um. „Ja, was gibt's?"

Der sommersprossige Junge hüstelte. „Ich muß Ihnen etwas sagen."

„Ich höre."

„Der Lösch ..."

Jürgen Klingmann lächelte. „Du meinst doch sicher: der Herr Lösch."

„Der Apotheker will sich über Sie beschweren."

„Du weißt, man soll niemanden verraten", tadelte Klingmann den Jungen.

„Ich habe gestern gehört, wie der Apotheker zu seiner Frau sagte ..."

„Du weißt, man soll niemanden belauschen", rügte Jürgen Klingmann den Schüler abermals.

„Der Lösch ... Herr Lösch ... Der Apotheker sagte zu seiner Frau Lösch: ‚Morgen gehe ich zum Herrn Pfarrer und rede mit ihm über seinen unmöglichen Kaplan.' Klingmann bringt seine Schüler während des Religionsunterrichts zum Lachen, erzählt ihnen Witze. Das ist nicht seriös. Ein Skandal ist das. Man muß dem Kaplan diese unerhörte Respektlosigkeit vor der Lehre des Glaubens unverzüglich abstellen, muß ihm unmißverständlich klarmachen, daß die Religion ein ernstes Thema ist, über das man nicht zu lachen hat."

Jürgen Klingmann legte dem Jungen die Hand auf die Schulter. „Es war zwar nicht uninteressant, was du mir eben erzählt hast, mir wäre es aber trotzdem lieber gewesen, du hättest es für dich behalten, weil ..."

„Weil man nicht petzt."

Der Kaplan nickte lächelnd. „So ist es, mein Junge. Trotzdem – danke."

„Der Lösch ... Der Herr Lösch war inzwischen bestimmt schon beim Herrn Pfarrer."

„Das ist anzunehmen", sagte Klingmann zustimmend.

„Meinen Sie, Sie kriegen jetzt Schwierigkeiten?"

Klingmann lachte unbesorgt. „Nein, bestimmt nicht."

„Wir mögen es, wie Sie den Religionsunterricht gestalten."

„Das weiß ich, und deshalb wird sich auch in Zukunft nichts daran ändern", versicherte der Kaplan dem sommersprossigen Schüler.

„Aber der Apotheker ist Vorsitzender im Kirchengemeinderat."

„Er steht trotzdem mit einer Meinung allein", meinte Klingmann lächelnd und schickte den Jungen ins Klassenzimmer zurück. Unbekümmert verließ er das Schulgebäude. Er brauchte sich wirklich keine Sorgen zu machen. Wenn der Apotheker sich hinter seinem Rücken an Pfarrer Schmieder gewandt hatte, hatte er bei diesem mit Sicherheit auf Granit gebissen.

Die Sonne lachte ihm vom wolkenlosen Himmel ins Gesicht und stimmte ihn fröhlich. Jetzt schnell nach Hause, rein in die schwarze Lederkluft, rauf aufs frisch geputzte Motorrad und nix wie raus in die wunderschöne Natur.

Das hatte Jürgen Klingmann vor, doch es sollte ihm etwas höchst Unerfreuliches dazwischenkommen.

*

Vitus hatte seine Frau betrogen, und es hatte ihm gefallen. Er war aufgeblüht, war zu einem neuen Menschen geworden, hatte sich großartig gefühlt.

Nicht die Kur hatte Vitus Espacher so gutgetan, sondern Claudia Behrens, in die er rasend verliebt und mit der er jeden Tag zusammen war.

Er lebte in diesen drei Wochen ein anderes Leben, war nicht der Mann, der seiner Frau Treue bis zum Tod gelobt hatte, fühlte sich frei und ungebunden.

Wenn er mit Johanna telefonierte, schlüpfte er für kurze Zeit in seine alte Haut und hatte mit dem, was der andere Vitus Espacher getan hatte, nichts mehr zu tun. So einfach war das. Auf diese Weise konnte er mit seiner Frau ohne alle Schuldgefühle reden. Schließlich ging es ihn ja nichts an, was andere Leute – zu denen auch dieser andere Vitus Espacher gehörte – taten. Niemand konnte ihn für die Handlungen fremder Menschen verantwortlich machen. Nach dem Telefonat zog er die alte Haut stets rasch wieder aus, stellte sie in seinem Zimmer achtlos in die Ecke und kehrte unbelastet zu Claudia Behrens zurück, um mit ihr all die berauschenden Dinge fortzusetzen, die er als verheirateter Mann nicht hätte tun dürfen.

Aber drei Wochen sind nur drei Wochen und leider keine Ewigkeit, wie Vitus es sich gewünscht hätte. Die Tage rasten dahin, und je näher das Ende des Kuraufenthaltes kam, desto schneller vergingen sie, als würden sie von einem boshaften, schadenfrohen Teufel angetrieben.

Vitus hatte Angst, in eine deprimierende Leere zu fallen, wenn er nach Schönwies zurückkehrte. Natürlich liebte er Johanna noch immer, aber ganz anders als Claudia, von der ein einziger Blick genügte, um sein Blut in Wallung zu bringen.

Am letzten Abend liebten sie sich wilder und leidenschaftlicher denn ja – als wollten sie von der Erinnerung daran recht, recht lange zehren. Dann saßen sie eng umschlungen auf einer Parkbank, schauten zum nächtlichen Himmel hinauf und zählten die Sterne. Claudia kannte viele Sternbilder. Sie zeigte sie ihm, und er nahm sie zum erstenmal bewußt wahr, obwohl sie immer schon dagewesen waren.

Vitus wurde von Stunde zu Stunde schweigsamer, ernster und trauriger.

„Woran denkst du?" fragte Claudia.

„Morgen ist es aus und vorbei mit unserem wunderschönen Traum. Du kehrst nach München zurück, ich nach Schönwies."

Sie strich ihm zärtlich übers dunkle Haar. „Alles Schöne geht einmal zu Ende. Ich wußte das von Anfang an. Du nicht?"

„Ich wollte es nicht wahrhaben, hab's immer wieder verdrängt."

„Wir haben unsere Erinnerung", versuchte sie ihn zu trösten. „Die kann uns niemand nehmen."

Durch seinen Körper ging ein jäher Ruck. „Ich will nicht, daß es aufhört, Claudia. Es muß nicht zu Ende sein, bloß weil diese drei Wochen um sind. Es kann weitergehen."

Sie lachte leise. „Wie stellst du dir das vor? Auf mich wartet niemand in München, aber in Schönwies wartet deine Frau auf dich. Du bist ein verheirateter Mann, Vitus. Muß ich dich wirklich daran erinnern?"

„Wir werden eine Lösung finden."

„Was für eine Lösung?" fragte Claudia. „Willst du dich von Johanna scheiden lassen?"

„Eine andere Lösung."

„Wirst du Johanna von nun an ständig belügen? Weißt du, wie anstrengend das ist? Was glaubst du, wie lange du das durchhalten würdest? Du wärst diesem permanenten Streß sicherlich nicht lange gewachsen, und hinterher wäre alles nur noch viel schlimmer."

„Ich möchte dich nicht verlieren."

Claudia schmiegte sich sanft an ihn. „Unsere Wege haben uns für kurze Zeit zusammengeführt. Wir durften drei traumhaft schöne Wochen miteinander verbringen. Lassen wir es doch dabei bewenden."

Er schüttelte trotzig den Kopf. „Nein."

„Ich hätte dich für vernünftiger gehalten."

„Ich könnte ab und zu nach München kommen."

„Und was würdest du Johanna erzählen?"

„Irgendwas."

„Johanna würde mißtrauisch werden, wenn du so oft nach München fährst."

„Bestimmt nicht. Sie vertraut mir."

„Eine Frau spürt, wenn sie betrogen wird. Ich weiß das aus eigener Erfahrung."

„Johanna hat eine Tante in Frankfurt. Die alte Krähe kann mich nicht leiden, deshalb besucht meine Frau sie immer allein und bleibt übers Wochenende. Das wären zusätzliche Tage, an denen wir uns sehen könnten."

Claudia löste sich von ihm. „Ich möchte nicht deine – deine Zweitfrau auf Abruf sein."

„Das würde sich mit der Zeit einpendeln."

„Obwohl mein erster Bund fürs Leben nicht sehr lange gehalten hat, bin ich nicht prinzipiell gegen die Ehe", erklärte Claudia Behrens. „Ich würde es gern mit einem anderen Mann noch mal versuchen. Wer weiß, vielleicht habe ich beim zweitenmal mehr Glück, wäre doch möglich. Wenn ich mich für dich freihalte, verderbe ich mir jede Chance, eventuell doch noch den Mann fürs Leben zu finden."

„Aber ich liebe dich, Claudia."

„Du bist in mich verliebt", stellte sie richtig. „Das hat mit wahrer, aufrechter, langsam gewachsener Liebe nur sehr wenig zu tun. Was wir in diesen drei Wochen erlebt haben, war nicht mehr als ein Strohfeuer. Wir haben uns aneinander entzündet, eine heiße, grelle, wunderschöne und jegliche Vernunft verbrennende Stichflamme ist geradewegs in den Himmel geschossen ..."

„Sie brennt immer noch."

Claudia lächelte traurig. „Sie wird erlöschen, sobald wir nicht mehr die Möglichkeit haben, sie zu nähren."

Vitus wollte das nicht gelten lassen. Er widersprach leidenschaftlich und brachte viele Argumente vor, doch es gelang ihm nicht, Claudia umzustimmen. Heute war ihre letzte gemeinsame Nacht, morgen würden sie sich zum letztenmal sehen und sich dann für immer trennen.

Für immer ... Was waren das nur für häßliche Worte. So endgültig. So deprimierend. So schmerzlich. Er haßte sie aus tiefster Seele.

In dieser Nacht tat Vitus kein Auge zu. Er war zum erstenmal mit einem Problem konfrontiert, mit dem er nicht zu Rande kam, und das machte ihn wütend.

Und dann kam der Abschied. Vitus fühlte sich scheußlich. Ein dumpfer Schmerz durchwühlte sein Herz, als er Claudia die Hand reichte.

„Also dann", sagte er rauh. „Mach's gut."

Sie lächelte verkrampft. „Du auch."

„Ich werde sehr oft an dich denken."

Sie schüttelte langsam den Kopf. „Es ist besser, du vergißt mich."

„Das kann ich nicht. Dafür waren diese drei Wochen zu schön."

„Das Leben geht weiter", sagte sie leise.

Er lachte gekünstelt. „Ich bin heute schon auf den Mann eifersüchtig, der dich kriegt."

„Dann müßte ich auch auf Johanna eifersüchtig sein."

„Bist du es nicht?" fragte er.

Sie schlug die himmelblauen Augen nieder.

„Vielleicht", gestand sie beinahe tonlos. „Ein bißchen."

Eine Freundin und deren Mann holten Claudia ab. Ihr Wagen hielt soeben vor dem Kurgebäude.

„Ich muß gehen", sagte Claudia mit feuchtem Blick. „Viel Glück, Vitus. Und versuch von nun an, Johanna wieder treu zu sein."

Sie war gegangen, er hatte sie nie wieder gesehen und auch nichts mehr von ihr gehört. Und jetzt stand er hier auf dem Bahnsteig, und Johanna war zu dem Ort unterwegs, an dem er drei Wochen lang wieder so glücklich gewesen war wie am Anfang seiner Ehe.

*

„Haben Sie Max gesehen, Herr Pfarrer?" fragte Erika Maus, als Paul Schmieder aus seinem Arbeitszimmer kam.

„Bei mir war er nicht", antwortete der Geistliche.

„Wo mag sich der alte Halunke mal wieder herumtreiben?"

Der Priester schmunzelte. „Vielleicht ist er auf der Suche nach einer Unterkunft, wo man ihn nicht als ‚alten Halunken' bezeichnet."

Die Pfarrhaushälterin winkte ab. „Ach, der bleibt uns schon. Es geht ihm doch nirgendwo besser." Sie schüttelte den Kopf. „Da sagt man immer, kastrierte Katzen entfernen sich nicht mehr so weit vom Haus, und dicke, faule, alte Kater schon gar nicht, aber davon scheint unser Max noch nichts gehört zu haben. Der streunt an so schönen Tagen wie heute munter in ganz Schönwies rum."

„Laß ihn doch!"

Erika wiegte den Kopf. „Aber wenn ich keine Zeit für ihn habe, da drängt er mir seine Liebe auf und will unbedingt und auf der Stelle gestreichelt werden."

„Katzen sind eben eigensinnige Tiere."

„O ja", pflichtete Erika Maus dem Geistlichen bei, „das stimmt. Als unser Herr den Eigensinn verteilte, hat Mäxchen sich garantiert zweimal gemeldet." Sie beugte sich aus dem Fenster. „Max! Mäxchen! Miez-Miez-Miez-Miez!" Sie richtete sich wieder auf und drehte sich um. „Nichts. Und so ein treuloser Kater ist kein alter Halunke? Wer dann?"

„Ach, Erika, reg dich doch nicht künstlich auf. Laß unseren guten Max seine alten Tage einfach genießen."

Die Pfarrhaushälterin wechselte das Thema. „Ich habe gerade Kaffee gekocht. Möchten Sie auch eine Tasse?"

Der Geistliche schmunzelte. „Was meinst du, was mich aus meinem Arbeitszimmer gelockt hat?"

„Der Kaffeegeruch?"

„Was denn sonst?"

Während sie den Kaffee tranken, sagte Erika: „Der Apotheker scheint heute morgen mit dem falschen Fuß aufgestanden zu sein. Er sah drein, als wollte er mich fressen."

Paul Schmieders Blick verfinsterte sich kurz. Er trank einen Schluck Kaffee. „Lösch ist ein ewiger Nörgler, ein notorischer Besserwisser."

„Und ausgerechnet so einer steht dem Kirchengemeinderat vor."

Schmieder zuckte die Achseln. „Er hat es verstanden, sich die meisten Stimmen zu sichern."

„Er wollte sich bei Ihnen über unseren Kaplan beschweren."

Der Priester nickte. „Das hat er auch getan."

„Was paßt ihm denn schon wieder nicht an dem Kaplan?"

„Es gefällt ihm nicht, daß er während des Religionsunterrichts Witze erzählt."

„Warum sollte er das nicht tun? Die Religionsstunde ist schließlich keine Totenfeier."

„Du kennst doch Hermann Lösch. Wenn ein anderer die Witze erzählen würde, hätte der Apotheker bestimmt nichts dagegen, weil es aber Kaplan Klingmann tut, stößt er sich daran. Er mag unseren Kaplan eben nicht."

„Wen mag er schon?"

Schmieder lächelte. „Sich selbst." Und leerte seine Tasse.

„Ist das nicht ein bißchen wenig?"

„Das hast du gesagt", gab der Priester schmunzelnd zurück. Er hob die leere Tasse und wackelte damit. „Kann ich noch einen Schluck von deinem köstlichen Kaffee haben?"

*

Vitus Espacher hatte seine Rolle gut gespielt, als er von der Kur heimgekommen war. Von wegen, eine Frau merkt, wenn sie betrogen wird.

Johanna war nichts aufgefallen. Sie hatte ihn freudestrahlend vom Bahnhof abgeholt, war ihm trunken vor Glück um den Hals gefallen und hatte ihn immer und immer wieder geküßt, selig, ihren geliebten Mann wiederzuhaben.

„Du siehst gut aus", hatte sie gesagt.

„Wirklich? Dabei habe ich die letzte Nacht nicht geschlafen."

„Warum nicht?"

„Ich habe mich so sehr auf dich gefreut." Das war die erste Lüge gewesen, und es waren ihr viele weitere gefolgt. So oft wie in den vergangenen Monaten hatte Vitus seine Frau in ihrer ganzen zehnjährigen Ehe nicht belogen. Kleine Lügen. Große Lügen. Lügen. Lügen. Immer wieder Lügen.

Gewissensbisse? Doch, mit der Zeit bekam er welche. Da war eine lästige innere Stimme, die sich immer wieder meldete und ihn fragte, warum er Johanna das antue, womit sie das verdient habe, wie er ihr überhaupt noch in die Augen schauen könne, wenn er fortwährend die Unwahrheit sage. Und die Stimme drängte ihn immer beharrlicher und ungeduldiger, Johanna seine Untreue zu gestehen, sie um Verzeihung zu bitten und zu einem Leben ohne Lügen zurückzukehren. Doch je mehr die Stimme ihn quälte, desto starrsinniger wurde er.

In Gedanken versunken kehrte Vitus zum Traktor zurück. Johanna war weg, und sofort wurde seine Sehnsucht nach Claudia Behrens übermächtig.

Wie es ihr wohl geht? fragte er sich. Ob sie auch so oft an mich denkt wie ich an sie?

Er wäre am liebsten nach München gefahren, aber das ging nicht. Es gab zuviel Arbeit auf dem Hof. Die machte sich nicht von selbst.

Ob sie schon ihren Mann fürs Leben gefunden hat? überlegte er, während er auf den Traktor kletterte. Wenn nicht, dann ist sie jetzt genauso einsam wie ich. Sie hat keinen Mann, ich habe keine Frau. Sie könnte doch nach Schönwies kommen – als Sommergast. Ganz offiziell.

„Ich ruf' sie an", murmelte Vitus spontan und startete den starken Dieselmotor.

„He, Vitus!" rief plötzlich jemand und riß ihn damit aus seinen Gedanken.

Er warf einen Blick über die rechte Schulter. „Ah, Thomas, grüß dich! Wie geht's immer?"

„Ganz gut", gab Thomas Müller zurück. Der Dreißigjährige hatte vor einem Jahr den Elektroladen übernommen und mit Fleiß und Können ausgebaut. „Nimmst mich mit?"

„Steig auf."

„Hast du Johanna zum Zug gebracht?" fragte Müller, als er neben Vitus saß.

„Ja."

Thomas Müller grinste. „Jetzt bist du Strohwitwer."

„Richtig", bestätigte Vitus und fuhr los.

Der Elektroladen befand sich am Marktplatz, gleich neben dem Polizeiposten. Sie erreichten ihn durch die Hauptstraße. Vitus fuhr an der großen alten Linde vorbei, die in der Mitte des Platzes stand, und hielt an der Ecke kurz an.

„Wenn du mal Langeweile hast", sagte Thomas Müller, „du weißt, wo du mich findest."

„Bei der vielen Arbeit, die ich allein bewältigen muß, solange Johanna weg ist, wird mir bestimmt nicht fad", sagte Vitus.

„So kommst du wenigstens nicht auf dumme Gedanken."

Vitus feixte. „Wenn einer wie du so etwas sagt, hört sich das schon recht komisch an."

Der hilfsbereite Thomas Müller war im Dorf sehr beliebt. Vor allem bei den Mädchen im heiratsfähigen Alter. Er galt als äußerst vielversprechender Ehekandidat, und jede wollte ihn sich angeln.

Thomas sprang vom Traktor.

„Danke fürs Mitnehmen."

„Schon gut", sagte Vitus und fuhr weiter.

Daheim schlich er dann ums Telefon wie die Katze um den heißen Brei. Sollte er anrufen? Sollte er nicht anrufen? Er hatte sich Claudias Telefonnummer aufgeschrieben.

Verschlüsselt, damit Johanna nichts damit anfangen konnte, wenn sie sie zufällig entdeckte. Mit wachsender Unruhe starrte er auf die Nummer, und dann wählte er mit zitternden Fingern.

*

Eva, die siebzehnjährige Tochter des Metzgers Josef Gambacher, stürzte dem jungen Kaplan entgegen. „Es ist was Schlimmes passiert!" stieß sie aufgeregt hervor.

„Was denn?" wollte Jürgen Klingmann wissen.

„Ein Unfall – mit Fahrerflucht!" antwortete Eva Gambacher heiser.

Klingmann sah sie betroffen an. „Wo?"

„Gleich hier um die Ecke", sagte Eva. „Der Wagen fuhr viel zu schnell. Ein schwarzer Audi war's. Den Fahrer konnte ich nicht sehen, und in der Aufregung habe ich vergessen, auf das Kennzeichen zu sehen. Ich glaube nicht, daß es jemand aus unserem Dorf war."

„Wen hat's erwischt?"

„Max ..."

Der Kaplan riß erschrocken die Augen auf. „Den Wurzer? Unseren Bürgermeister?"

Das Mädchen schüttelte den Kopf. „Nein, Max, euren Kater."

„Wo liegt er?"

Eva zeigte ihm die Unglücksstelle. Jürgen Klingmanns Magen krampfte sich zusammen. Er verhielt einen Augenblick seinen Schritt.

„Max", kam es dünn über seine bebenden Lippen. „Mein Gott, Max!" Ihm war, als würde dort sein bester Freund auf der Straße liegen. Er rannte zu dem Tier, das sich nicht regte. „Max. Max." Er kniete sich neben den Kater, berührte das weiche, glänzende Fell. „Max." In seiner Kehle war auf einmal ein dicker Kloß, und er spürte Tränen in seine Augen steigen. „Max, das – darf nicht sein. Mäxchen …"

Er suchte nach einer Verletzung, entdeckte keine. War das ein gutes Zeichen?

Plötzlich standen die Kramerin Kathl Schöberl und Anna Fingerl neben ihm. „Das ist doch der Max", sagte die fast siebzigjährige Kathl.

„Weil sie auch nie im Haus bleiben wollen, diese Katzen", sagte Anna Fingerl, deren Sohn die einzige Drogerie im Dorf gehörte.

„Wie ist es denn passiert?" wollte Kathl Schöberl wissen.

„Unter ein Auto ist er geraten", berichtete Eva Gambacher schluchzend.

„Ich sag's ja immer, diese Autos sind kein Segen, sondern ein Fluch für uns und unsere Tiere", wetterte die

Kramerin gleich los. „Wenn ich denk', wie ruhig es früher in Schönwies war. Und sicher war man. So sicher wie in Abrahams Schoß."

Kaplan Klingmann schob die Hände vorsichtig unter den Kater, und jetzt spürte er Blut. Und noch etwas spürte er: Das Tier zuckte!

Wenn es zuckte, dann lebte es! Und wenn Max lebte, mußte er ihn schnellstens zum Tierarzt bringen! Jürgen Klingmann hob den Kater so vorsichtig wie möglich hoch.

„Ich muß mit ihm zu Doktor Weiß", sagte er zu den Umstehenden und eilte davon.

*

„Hallo?"

„Claudia?"

„Wer spricht, bitte?"

„Erkennst du meine Stimme nicht? Ich bin es, Vitus."

„Vitus! Entschuldige, hier ist so ein Krach. Die graben mal wieder unsere Straße auf. Warte einen Augenblick, ich schließe nur schnell das Fenster."

Er hörte, wie sie den Hörer weglegte und das Fenster schloß. Die Hintergrundgeräusche waren plötzlich wie abgeschnitten. Claudia kam wieder an den Apparat.

„Vitus! Wie geht es dir?" Sie schien sich ehrlich über seinen Anruf zu freuen. Das überraschte ihn und machte ihm gleichzeitig auch Mut.

Sein Herz raste, und ein dünner Schweißfilm glänzte auf seiner Stirn. All das Schöne, das er mit ihr erlebt hatte, war in seinem Kopf ganz plötzlich wieder präsent.

„Mir geht es gut – und dir?" fragte er rauh.

„Mir auch."

„Ich hätte schon viel früher angerufen, wenn ich geahnt hätte, daß du dich so sehr darüber freust", sagte Vitus.

„Früher wäre wahrscheinlich zu früh gewesen. Du hast genau den richtigen Zeitpunkt erwischt."

Er schloß die Augen und sah sie vor sich. Der laue Wind spielte mit ihrem goldenen Haar. Er meinte, sie sogar riechen zu können. „Ich muß sehr oft an unsere drei Wochen denken."

„Ich auch."

„Ich denke eigentlich jeden Tag daran", sagte Vitus.

„Ich auch", gestand sie, „obwohl ich es nicht sollte, aber ich komme einfach nicht von dieser schönen Erinnerung los. Du hast mir so viel Wärme, Liebe und Zärtlichkeit gegeben. Das kann ich einfach nicht vergessen."

„Es war eine sehr schöne Zeit, die wir miteinander verbracht haben."

„O ja, das war es."

„Ich möchte sie nicht missen", sagte Vitus.

„Ich auch nicht."

„Bist du deinem Traummann schon begegnet?"

Sie lachte. „Nein, noch nicht."

„Woran liegt es?"

„Daran, daß ich jetzt nur noch einen Mann haben will, der so ist wie du."

„Du kannst mich haben."

„Ach, Vitus, mach mir das Herz nicht schwer."

„Ich meine es ernst. Wenn du nach Schönwies kommst, kannst du mich haben."

„Und was ist mit deiner Frau?" fragte Claudia.

„Johanna ist nicht hier", sagte er.

„Wo ist sie? Hast du dich von ihr getrennt?"

„Sie macht jetzt die gleiche Kur, die ich vor zwei Monaten gemacht habe. Ich habe sie vorhin zum Bahnhof gebracht, und nun bin ich mutterseelenallein und fühle mich schrecklich einsam. Kannst du das verantworten?"

„Vitus, das ist nicht fair."

„Komm nach Schönwies, ich bitte dich."

„Hör auf damit", stöhnte sie. „Du hast mich mit deinem Anruf auf dem falschen Fuß erwischt."

„Du fürchtest, du könntest umfallen."

„Ja", gab sie zu.

„Was wäre so schlimm daran? Wir hatten drei himmlische Wochen, und die kommenden drei Wochen können noch himmlischer sein."

„In einem so kleinen Ort wie Schönwies", sagte Claudia. „Du bist verrückt."

„Unser Dorf freut sich über jeden Urlaubsgast", erwiderte er. „Hiermit lade ich dich ganz herzlich zu drei wunderschönen Ferienwochen im Haus Espacher ein. Na, was sagst du dazu?"

„Du bist gemein, Vitus."

„Bin ich das wirklich?"

„Ja, weil du meine momentane Schwäche schamlos ausnutzt."

„Kommst du nach Schönwies?" fragte er beharrlich.

Stille am anderen Ende. Sie schien sich zu keiner Entscheidung durchringen zu können.

„Kommst du, Claudia?"

Sie seufzte tief. „Na schön, ich komme."

Als Vitus das hörte, wäre er vor Freude beinahe an die Decke gesprungen.

*

Claudia Behrens ließ den Hörer versonnen sinken. Ihr Blick war verklärt. Sie war mit ihren Gedanken weit weg

– in der Vergangenheit, in jenem Kurort, in dem sie Vitus Espacher kennengelernt hatte.

Sie arbeitete zu Hause als freie Grafikerin, saß an ihrem Zeichentisch, doch die Entwürfe, die vor ihr lagen, interessierten sie auf einmal nicht mehr.

In ihrem Kopf war nur noch Platz für Vitus. Sie hatte ernsthaft versucht, ihn zu vergessen, aber sie hatte es nicht geschafft.

Immer wieder hatte sie in den vergangenen zwei Monaten an ihn denken müssen, und mehr als einmal war sie nahe darangewesen, ihn anzurufen – bloß um wieder einmal seine Stimme zu hören. Doch dann hatte sie sich energisch gesagt: Nein, das darfst du nicht tun. Du hast kein Recht, dich zwischen Vitus und seine Frau zu drängen und ihre Ehe kaputtzumachen.

Aber vorgestellt hatte sie es sich x-mal, wie es wohl gewesen wäre, wenn sie ihn angerufen hätte, und sie hatte im Geist schon etliche Varianten durchgespielt.

Variante eins: Sie rief an, es läutete, läutete, läutete, doch niemand meldete sich. – Variante zwei: Am andern Ende meldete sich eine fremde Männerstimme, weil sie sich entweder verwählt oder Vitus' Telefonnummer falsch aufgeschrieben hatte. – Variante drei: Vitus' Frau hob ab. „Espacher." Eine harte, unsympathische Stimme. Und Claudia sagte ganz schnell: „Entschuldigung, falsch verbunden."

Und im Hintergrund fragte Vitus: „Wer ist denn dran, Johanna?" Und legte auf. – Variante vier: Vitus meldete sich, und Claudia sagte nichts. – Variante fünf: Vitus meldete sich, und Claudia redete mit ihm. – Variante sechs: Vitus freute sich über ihren Anruf. – Variante sieben: Vitus freute sich nicht über ihren Anruf. – Variante acht: Vitus tat so, als wüßte er überhaupt nicht mehr, wer sie war ... Ach Gott, sie hatte sich schon so viele Varianten einfallen lassen, und immer, wenn Johanna Espacher mitgespielt hatte, war diese dabei furchtbar schlecht weggekommen. Claudia wußte, daß das Vitus' Ehepartnerin gegenüber unfair war. Sie kannte Johanna Espacher nicht mal und drängte diese dennoch immer wieder in die unsympathische Ecke – einfach deshalb, um mit den eigenen Moralvorstellungen besser klarzukommen. Denn einer unleidlichen, unsympathischen, herrischen und zänkischen Ehefrau gegenüber, unter der Vitus Tag für Tag zu leiden hatte, brauchte sie, so sagte sie sich, kein schlechtes Gewissen zu haben.

Der Lärm der Baumaschinen, der durch das geschlossene Fenster drang, holte Claudia in die Gegenwart zurück. Sie stand auf und schaute auf die Straße hinunter. Ratternde Preßlufthämmer, knirschende Bagger, dröhnende Lastwagen, rumpelnde Walzen ... Schutt, Staub, Teergestank ... In Schönwies war es bestimmt schöner. Und ruhiger. Und Vitus war auch da.

Vitus ...

Sie hätte nicht gedacht, daß die Affäre mit ihm einen so starken Nachhall haben würde, und sie hatte es mit einem Mal satt, immer zurückstehen zu müssen. Jedesmal, wenn sie einen Mann kennenlernte, war er verheiratet, und sie mußte auf seine Ehefrau Rücksicht nehmen, weil sich das so gehörte, weil man einer anderen Frau den Mann nicht wegnahm. Aber – verflixt noch mal – wer hatte denn auf sie Rücksicht genommen, als sie verheiratet gewesen war? Es hatte ihr auch nicht gefallen, daß ihr Mann sie am laufenden Band betrog. Er hatte es dennoch mit allergrößtem Eifer getan. Es hatte sich immer wieder eine Frau gefunden, der sein Ehering völlig egal gewesen war. Er brauchte ihn nicht einmal abzunehmen und zu verstecken. Viele von ihnen hatten ja selbst einen solchen Ring getragen.

Warum sollte sie Rücksicht nehmen auf Johanna Espacher? Auf eine Frau, die sie gar nicht kannte. Sie sah das plötzlich nicht mehr ein.

Ich habe mir nichts vorzuwerfen, dachte Claudia trotzig. Ich bin eine unverheiratete Frau. Wenn Vitus damit klarkommt, ist alles in Ordnung.

Ihr Koffer war schnell gepackt. Petra Fallenberg, die Freundin, die Claudia mit ihrem Mann nach der Kur abgeholt hatte, rief an. „Hast du Lust, morgen abend mit mir ins

Theater zu gehen? Ludwig wurde von seinem Chef heute überraschend nach Berlin geschickt. Er kommt erst in drei Tagen wieder, und ich möchte die Vorstellung nicht allein besuchen, die Karten aber auch nicht verfallen lassen."

„Tut mir leid, Petra, ich bin morgen abend nicht in München. Ich bin eigentlich jetzt schon so gut wie nicht mehr hier. Ich habe soeben meinen Koffer gepackt."

„Verreist du etwa auch?" fragte Petra Fallenberg verwundert.

„Ja."

„Alle hauen ab", sagte Petra enttäuscht. „Ich sitze wohl bald allein in München."

Claudia lachte. „Irgend jemand muß die Stellung halten."

„Hast du auch beruflich auswärts zu tun?"

„Nein", antwortete Claudia, „ich habe mich kurzfristig für einen Urlaub auf dem Land entschieden."

„Wie finde ich denn das? Kindchen, du kannst doch nicht schon wieder Urlaub machen", entrüstete sich Petra. „Du warst doch erst vor zwei Monaten auf Kur. Was ist denn das auf einmal für eine schäbige Arbeitsmoral? Also nein, wirklich, so eine schleißige Einstellung bin ich von dir nicht gewöhnt ..." Sie unterbrach sich, als wäre bei ihr soeben der Groschen gefallen. „Moment mal. Du fährst aufs Land? Doch nicht etwa nach Schönwies?"

„Genau da will ich hin."

„Du bist verrückt!" platzte es aus Petra Fallenberg heraus.

„Ja", pflichtete Claudia der Freundin bei, „vermutlich bin ich das."

„Vitus Espacher ist verheiratet."

„Da ist mir egal. Ich möchte ihn wiedersehen."

„Und was sagst du seiner Frau, wer du bist?" wollte Petra wissen. „Stellst du dich ihr als Kurschatten ihres Mannes vor?"

„Johanna ist nicht da." Claudia erzählte, daß jetzt Vitus' Frau zur Kur war.

„Also, wenn du meine Meinung hören willst ..."

„Ich will sie aber nicht hören", fiel Claudia der Freundin ins Wort.

„Ich sag' sie trotzdem: Mir gefällt nicht, was du tust."

„Spielst du dich als Tugendwächter auf? Dann muß ich dich sofort an Claus und Hans und Alfons erinnern ..."

„Das brauchst du nicht", sagte Petra. „Ich weiß, daß ich keine Heilige bin."

Claudia lachte. „Aber von mir verlangst du es."

„Wenn Vitus Espacher in München wohnen würde, würde ich kein Wort sagen. Aber das tut er nicht. Er wohnt in einem Dreitausend-Seelen-Nest, in dem jeder jeden kennt."

„Viertausend."

„Was?" fragte Petra irritiert.

„Schönwies hat viertausend Einwohner", erklärte Claudia.

„Na, wennschon", sagte Petra unwillig. „Mädchen, du kannst deine fünf Sinne nicht beisammen haben, wenn du da hinfährst."

„Man freut sich in Schönwies auf jeden Feriengast."

Petra stieß einen hilflosen Seufzer aus. „Ich habe den Eindruck, du weißt nicht, was du da möglicherweise echt heraufbeschwörst."

„Ich weiß nur eines", gab Claudia ernst zurück, „daß ich Vitus Espacher wiedersehen will und werde. Alles andere interessiert mich nicht."

„Du solltest lieber hierbleiben und mit mir ins Theater gehen."

„Du bist eine große Egoistin", sagte Claudia scherzhaft. „Du denkst immer nur an dich."

„Ich denke an dich, du dumme Kuh, weil dein Gehirn offenbar nicht mehr richtig funktioniert."

„Leb wohl, Petra. Du wirst jemand anderen finden, der mit dir ins Theater geht. Ich melde mich in drei Wochen zurück."

„Ich habe kein gutes Gefühl bei der Sache", sagte die Freundin ehrlich besorgt.

„Mach dir um mich keine Sorgen. Ich werde in Schönwies drei wundervolle Wochen verbringen", behauptete Claudia und legte auf.

*

Mit Max auf den Händen stürzte Kaplan Klingmann in das Haus des Tierarztes und bat ihn heiser, dem armen Tier zu helfen.

„Was ist passiert?" fragte Dr. Florian Weiß, ein vierzigjähriger, großer und kräftiger Mann, der keine Arbeit scheute.

„Überfahren hat man ihn", stieß Jürgen Klingmann atemlos hervor. „Er ist verletzt. Er blutet."

„Kommen Sie." Der Tierarzt öffnete die Tür zum Behandlungszimmer. „Legen Sie Max da auf den Tisch."

Hinter dem Kaplan tauchte Dr. Benno Weiß, Florians siebzigjähriger Vater, auf. Er war ebenfalls Tierarzt und mit den Methoden seines Sohnes nicht immer einverstanden.

„Was ist denn mit dem alten Max los?" wollte er wissen.

„Unter ein Auto ist er geraten", antwortete Kaplan Klingmann aufs höchste besorgt. Dr. Florian Weiß untersuchte das Tier bereits. Max hob benommen den Kopf.

„Ruhig, ganz ruhig", sagte Jürgen Klingmann und streichelte den Kater sanft. „Das wird schon wieder, mein kleiner Freund."

„Er hat Glück im Unglück gehabt", stellte Dr. Florian Weiß nach kurzer Untersuchung fest. „Seine alten Knochen scheinen alle heil geblieben zu sein, und ich glaube auch nicht, daß er innere Verletzungen hat."

„Aber das Blut." Jürgen Klingmann zeigte auf seine blutigen Hände.

„Eine üble Rißquetschwunde", sagte Dr. Florian Weiß. „Hilfst du mir? Ich muß die Wunde nähen."

Dr. Benno Weiß nickte. „Natürlich."

„Er – er wird doch durchkommen, ja?" fragte Kaplan Klingmann aufgewühlt.

„Ich denke, daß ihm sein Freßchen bald wieder schmecken wird", gab Dr. Florian Weiß beruhigend zurück, während er eine Spritze aufzog. Er wies auf ein weißes Waschbecken. „Sie können sich dort Ihre Hände waschen, Herr Kaplan, und dann warten Sie bitte draußen."

„Ja, danke", sagte Jürgen Klingmann.

Während er sich die Hände mit Seife wusch, beobachtete er im Spiegel, der über dem Porzellanbecken an der Wand befestigt war, was die beiden Ärzte machten. Max, noch schwer benommen, wollte sich aufrichten. „Halt ihn fest!"

verlangte Dr. Florian Weiß von seinem Vater. Dann nahm er das Fell des Tieres zwischen Daumen und Zeigefinger. Es hatte den Anschein, als würde er Max kneifen, und in diese künstliche Falte stach er die Kanüle. Der Kater schien es nicht zu spüren. Er zuckte nicht einmal zusammen.

Jürgen Klingmann trocknete sich die Hände ab. „Ich geh' jetzt hinaus", sagte er nervös.

Die Ärzte beachteten ihn nicht. Max lag bereits ganz still auf dem Tisch, und Dr. Florian Weiß fing an, ihn da, wo er nähen mußte, zu rasieren. Der Kaplan schlich aus dem Behandlungsraum. Er schloß die Tür hinter sich und lief im Wartezimmer dann so lange unruhig auf und ab, bis die Tür, die er geschlossen hatte, sich wieder öffnete.

„Und?" stieß Jürgen Klingmann aufgeregt hervor. „Wie geht es Max?"

„Er schläft", sagte Dr. Florian Weiß.

„Ist alles in Ordnung?" fragte der Kaplan bang.

„Ja, ja, es ist alles in Ordnung."

„Haben Sie die Wunde genäht?"

Dr. Weiß nickte. „Mit sechs Stichen."

„Der arme Max."

„Er hat es nicht gespürt. Mein Vater verbindet ihn gerade."

„Und dann?" fragte Jürgen Klingmann. „Kann ich ihn mitnehmen?"

„Sie können ihn auch hierlassen."

Jürgen Klingmann schüttelte den Kopf. „Nein, er soll in einer Umgebung, die ihm vertraut ist, aufwachen."

„Ich komme morgen ins Pfarrhaus und sehe nach ihm."

„Danke, Herr Doktor." Der Kaplan ging ins Behandlungszimmer.

Sein Herz krampfte sich zusammen. „Er liegt da, als wäre er tot", sagte er heiser. „Die Zunge hängt ihm raus …"

„Es besteht kein Grund, sich um ihn Sorgen zu machen", behauptete Dr. Benno Weiß. „Mäxchen ist ein zäher alter Herr."

„Was können wir für ihn tun?" wollte Jürgen Klingmann wissen.

„Legen Sie ihn in irgendeinen Raum, in dem er Ruhe hat, und lassen Sie ihn allein", antwortete der alte Veterinär.

„Allein? Ist es nicht besser, wenn jemand von uns bei ihm ist, wenn er zu sich kommt?"

„Das ist nicht nötig", erklärte der erfahrene Arzt. „Tiere läßt man in so einem Fall am besten allein."

Dr. Florian Weiß lieh dem Kaplan einen Katzenkoffer, in dem er Max besser tragen konnte. Dr. Benno Weiß legte das Tier vorsichtig hinein und schloß den Deckel.

„Danke", sagte Kaplan Klingmann und nahm den Koffer auf. „Ach so. Beinahe hätte ich vergessen zu fragen, was ich schuldig bin."

Dr. Florian Weiß winkte großzügig ab. „Nichts."

„Vergelt's Gott", sagte der Kaplan dankbar und verließ mit Max das Haus.

Erika Maus schlug die Hände über dem Kopf zusammen, als sie erfuhr, was dem armen Tier zugestoßen war. „Weil er immer in ganz Schönwies herumrennen muß!" sagte sie aufgeregt und putzte sich geräuschvoll die Nase. „Das Pfarrhaus und der Garten genügen ihm nicht, nein, er muß sich beim Sägewerk herumtreiben, im Industrieviertel, auf dem Sportplatz ... Überall kann man ihm begegnen, nur nicht zu Hause, oder nur ganz selten. Der Herr Pfarrer wird aus allen Wolken fallen, wenn er hört, was passiert ist."

„Wo ist er denn?" fragte Jürgen Klingmann.

„Drüben in der Kirche, mit dem Mesner", antwortete die Pfarrhaushälterin. „Man muß es ihm so schonend wie möglich beibringen. Er hängt doch so sehr an Max."

„Ich gehe nachher zu ihm rüber." Der Kaplan gab wieder, was Dr. Benno Weiß ihm empfohlen hatte, und fragte dann: „Wo können wir Max denn jetzt unterbringen?"

„Ich finde schon ein Plätzchen für ihn, wo er ungestört ist", sagte die Haushälterin und nahm ihm den Koffer ab.

„Gehen Sie zu unserem Hochwürden rüber und sagen Sie ihm, was passiert ist. Aber ..."

Jürgen Klingmann hob die Hand. „Keine Sorge, ich bring's ihm ganz behutsam bei, aber soll ich Ihnen nicht noch schnell mit dem Kater helfen?"

Erika Maus schüttelte den Kopf. „Nicht nötig."

„Er ist ein schwerer Brocken."

Die Pfarrhaushälterin lächelte. „Ich werde mir schon keinen Bruch heben, wenn ich ihn aus dem Katzenkoffer hole." Sie öffnete den Deckel und schaute hinein. „Mein armer, armer Max. Hoffentlich wirst du von nun an klüger sein und in der Nähe bleiben."

Der Kaplan verließ das Pfarrhaus und seine Schritte hallten durch das zur Zeit leere, stille Gotteshaus Schönwies. Er ging an den Seitenaltären mit der Jungfrau Maria, dem Schutzheiligen St. Martin sowie der Heiligen Genoveva vorbei und traf Paul Schmieder und Ludwig Kreuzer, den fünfzigjährigen Mesner, in der Sakristei.

„Wird alles so erledigt, wie Sie es haben wollen, Hochwürden", sagte Kreuzer soeben.

„Fein", sagte der Geistliche und nickte.

„War das alles?" erkundigte sich Ludwig Kreuzer. Er war seit dreißig Jahren mit ganzem Herzen Mesner, hatte bei einem Unfall sein linkes Bein verloren und mußte seither mit einer Prothese zurechtkommen.

„Ja, sonst liegt im Moment nichts an", gab der Priester zurück.

„Dann gehe ich jetzt zum Friseur und lasse mir die Haare schneiden. Ich kann mich schon nicht mehr ansehen. Die Gerstl-Wally hat mich gestern schon scheinheilig gefragt, ob ich auf ein Schwänzchen spare, wie es bei den Männern jetzt modern ist. Grüß Gott."

Nachdem der Mesner gegangen war, sagte Paul Schmieder zu seinem jungen Stellvertreter: „Der Apotheker war bei mir …"

Jürgen Klingmann nickte grimmig. „Um sich über mich zu beschweren, weil ich in der Schule Witze erzähle."

Schmieder hob überrascht die Augenbrauen. „Sie wissen es bereits?"

„Schönwies ist ein Dorf, Herr Pfarrer."

„Hat Erika es Ihnen erzählt?" fragte der Geistliche.

„Nein, einer meiner Schüler hat mir von Löschs Absicht berichtet." Der Kaplan atmete schwer aus. „Kann ich dem Apotheker überhaupt jemals etwas recht machen?"

„Keine Sorge, ich habe ihn abblitzen lassen."

„Danke, Hochwürden."

Schmieder, dessen aufmerksamem Blick so gut wie nichts entging, sah den Kaplan prüfend an. „Sie sehen aus, als würde irgend etwas Sie bedrücken."

Jürgen Klingmann sagte nichts. Er suchte krampfhaft nach den richtigen Worten.

„Sind sie deshalb in die Kirche gekommen?" fragte Pfarrer Schmieder.

Der Kaplan nickte mit gesenktem Blick.

„Was haben Sie auf dem Herzen?" erkundigte sich Paul Schmieder. „Heraus damit. Sie wissen, Sie können mit mir über alles reden."

„Es – geht – um – Max", sagte Jürgen Klingmann zaghaft.

Der Geistliche horchte sofort auf. „Ist etwas mit ihm? Geht es ihm nicht gut?"

„Es – es geht ihm schon wieder besser", beeilte sich Klingmann zu sagen.

„Was heißt, es geht ihm schon wieder besser? Ist es ihm schlechtgegangen?"

Der Kaplan nickte ernst. „Ja."

„Wieso?" fragte Paul Schmieder beunruhigt. „Hat er Rattengift gefressen, oder so was?"

„Nein, Rattengift hat er keines gefressen ..." Jürgen Klingmann räusperte sich. „Doktor Weiß meint ..."

Paul Schmieders Augen wurden groß. „Sie waren mit Max beim Tierarzt?"

„Unser kleiner Freund wird bald wieder auf den Beinen sein."

„Ist er das jetzt nicht?" fragte der Priester mit sorgenvoller Miene.

„Er schläft sich im Augenblick gerade gesund."

„Von welcher Krankheit?" wollte Schmieder wissen. „Was hat Doktor Weiß bei ihm festgestellt?"

„Es besteht wirklich kein Grund mehr, sich aufzuregen und sich Sorgen um Max zu machen, Herr Pfarrer", sagte der junge Kaplan beschwichtigend. „Es ist soweit alles in Ordnung."

„Heiliger Strohsack, warum reden Sie nicht endlich so, daß ich Sie verstehe?" stieß Pfarrer Schmieder nervös hervor. „Wo ist Max?"

„Im Pfarrhaus", antwortete der Kaplan.

„Gehen wir. Ich will ihn sehen."

Jürgen Klingmann hob die Hand. „Aber Sie dürfen nicht erschrecken."

Argwohn erschien in Paul Schmieders Blick. „Warum sollte ich das?"

„Weil Max einen Verband trägt", rückte Klingmann vorsichtig heraus.

Schmieder schluckte erregt. „Und was ist unter dem Verband?"

„Eine Wunde. Doktor Weiß mußte sie nähen."

„Woher hat Max diese Wunde?" fragte der Pfarrer heiser.

„Von einem Auto", kam es dumpf über Klingmanns Lippen.

Der Geistliche zuckte wie elektrisiert zusammen. „Heiliger ... Wurde Max überfahren?"

„Nur ein bißchen."

Paul Schmieder verdrehte die Augen und stöhnte. „Ich mach' was mit mit Ihnen."

Kaplan Klingmann hob verlegen die Schultern. „Ich wollte es Ihnen so schonend wie möglich ... Damit Sie sich nicht aufregen ..."

„Das müssen Sie noch üben. Das können Sie noch nicht", sagte Paul Schmieder und rannte aus der Sakristei. „Wo ist Max?" ragte er wenig später aufgeregt die Pfarrhaushälterin.

Erika Maus schaute an ihm vorbei. Sie warf dem Kaplan hinter dem Pfarrer einen vorwurfsvollen Blick zu. „Sie sollten es ihm doch so schonend wie möglich beibringen."

Klingmann zuckte unbeholfen die Achseln. „Ich hab's versucht."

„Sagst du mir nun, wo Max ist, oder muß ich ihn im ganzen Pfarrhaus suchen?" stieß Schmieder ungeduldig hervor.

„Er schläft", sagte Erika Maus. „Er wurde operiert. Doktor Weiß hat gesagt, man soll ihn jetzt allein und in Ruhe lassen."

„Ich werde leise sein und ihn nicht wecken, aber ich möchte ihn sehen – sofort!" forderte Paul Schmieder energisch. „Oder habe ich in diesem Haus auf einmal nichts mehr zu sagen?"

Wortlos – weil gekränkt – führte die Wirtschafterin den Pfarrer in den Raum, in dem sie Max untergebracht hatte. Sie hatte das Zimmer verdunkelt.

Der schwarze Kater war im ersten Moment nicht zu sehen. Erst als Paul Schmieders Augen sich an die Dunkelheit gewöhnt hatten, erkannte er das Tier, das in der Ecke zusammengerollt auf einer alten Matratze lag.

„Max", flüsterte der Priester mitleidsvoll. „Mäxchen." Er näherte sich dem Kater auf Zehenspitzen. „Mein armer kleiner Freund."

Er beute sich über ihn, betrachtete ihn eine Weile stumm, berührte ihn jedoch nicht. Drei Minuten später zog er sich zurück. Erika Maus schmollte noch.

Paul Schmieder schloß die Tür. „Heiliger Strohsack, Erika! Sei doch nicht immer gleich eingeschnappt!"

„Sie haben mich angeschnauzt", beschwerte sich die Pfarrhaushälterin mit zusammengezogenen Augenbrauen.

„Aber nein", versuchte Paul Schmieder sie versöhnlich zu stimmen.

„Doch, das haben Sie. Kaplan Klingmann war dabei. Er hat es gehört."

„Ich war nervös, war in Sorge um Max", bemühte sich der Priester um das Verständnis seiner Wirtschafterin. „Da bin ich ein bißchen laut geworden. Es tut mir leid, Erika. Entschuldige, ich hätte nicht so aufbrausen dürfen. Kannst du mir noch einmal vergeben? Ich gelobe, mich zu bessern. Nun komm schon, sei wieder gut. Sieh mich nicht so finster an. Ich hab's nicht so gemeint."

In Erika Maus' dunkle Augen kehrte allmählich die Wärme zurück, und der Geistliche atmete erleichtert auf. Er mochte keinen Zwist mit seiner Haushälterin, lebte mit ihr unter diesem Dach lieber in Frieden und Eintracht. Schmieder holte seinen selbst angesetzten Beerenwein und füllte drei Gläser, um mit Erika Maus und Jürgen Klingmann auf seine Versöhnung mit der Wirtschafterin anzustoßen.

*

Vitus Espacher hatte keine Lust, sich irgend etwas aufzuwärmen und allein zu essen. Er ging lieber ins Gasthaus „Zum Hirsch" und verdrückte da einen leckeren Zwiebelrostbraten mit Bratkartoffeln. Das Bier, das er dazu trank, schmeckte ihm so gut, daß er nach dem Essen noch eins verlangte.

Mathilde Gambacher, die resolute Wirtin, eine Frau von kräftiger Gestalt, Mitte Fünfzig, stellte das zweite Glas auf den Tisch und servierte ab.

„Hat's geschmeckt?" erkundigte sie sich.

„Ganz hervorragend", nickte Vitus und lächelte zufrieden.

„Wann fährt Johanna zur Kur?" fragte die Wirtin.

„Ich habe sie heute zum Zug gebracht."

„Ach, deshalb gibst du uns die Ehre. Dann werden wir uns in den kommenden drei Wochen hoffentlich öfter sehen."

„Kann ich nicht versprechen", erwiderte Vitus. „Johanna hat einiges vorgekocht und eingefroren. Wenn sie heimkommt und ich hab' nichts davon angerührt, gibt es Krach."

Mathilde Gambacher schmunzelte. „Du siehst nicht aus wie einer, der sich vor seiner Frau fürchtet."

Vitus grinste. „Aber wie einer, der daheim gern seine Ruhe hat."

„Hast du's schon gehört?" fragte Mathilde Gambacher. „Der Kater vom Herrn Pfarrer wurde überfahren."

„Von wem?"

„Kennst du jemanden, der einen schwarzen Audi fährt?"

Vitus dachte kurz nach, dann schüttelte er den Kopf. „Nein."

„Unsere Eva hat gesehen, wie es passiert ist."

„Welches Kennzeichen hatte der Audi?" wollte Vitus wissen.

„Darauf hat Eva dummerweise nicht geachtet."

„Hat der Fahrer nicht angehalten? Ist er nicht ausgestiegen? Hat er nicht nach dem Tier gesehen?"

„Weitergefahren ist er, der Mistkerl, der schäbige", entrüstete sich Mathilde Gambacher.

„Manche Menschen haben einfach kein Gewissen", brummte Vitus kopfschüttelnd. „Was ist mit Max?" fragte er. „Ist er tot?"

„Zum Glück nicht. Kaplan Klingmann hat ihn zu Doktor Weiß gebracht, und der hat den Kater wieder zusammengeflickt. Max wird's überleben." Die Wirtin trug den Teller in die Küche.

Vitus zündete sich eine Zigarette an, trank sein Bier und dachte an Claudia Behrens, die jetzt bestimmt schon nach Schönwies unterwegs war.

Er freute sich wahnsinnig auf sie. Wie man sieht, kann ein Mann auch zwei Frauen gleichzeitig lieben, sagte er sich. Jede auf eine andere Art.

Als er eine halbe Stunde später das Gasthaus verließ, stieß er mit Hugo Holl zusammen. Holl, der mit gesenktem Kopf geistesabwesend unterwegs war, rannte ihn fast um.

„He! Du!" rief Vitus und lachte. „Wo bist du denn mit deinen Gedanken?"

Holl schaute auf. „Vitus. Entschuldige."

Die beiden Männer waren gleich alt. Sie waren zusammen aufgewachsen und miteinander zur Schule gegangen. Bis vor zwei Jahren hatte Hugo Holl als Forstarbeiter sein Geld verdient. Ein umstürzender Baum hätte ihn beinahe erschlagen. Heute hatte er Stahlschrauben in der Wirbelsäule, war zu fünfundachtzig Prozent arbeitsunfähig und mußte mit Lena, seiner Frau, von einer dürftigen Rente leben.

„Wie geht's?" erkundigte sich Vitus.

Holl zuckte niedergeschlagen die Achseln. „Es muß gehen."

„Hast du immer noch diese schlimmen Schmerzen, wenn das Wetter umschlägt?"

„Das wird wohl so bleiben."

„Johanna ist heute zur Kur gefahren", sagte Vitus.

Hugo Holl nickte. „Hab ich gehört."

„Und was macht Lena?" fragte Vitus. „Ist sie endlich diese ständigen Kopfschmerzen, die mit starken Gleichgewichtsstörungen einhergehen, los?"

„Leider nein."

Vitus räusperte sich. „Ich bin der Letzte, der eine schlechte Meinung von Doktor Ackermann hat. Ich schätze unseren Doktor sehr. Er ist ein guter Arzt, ein hervorragender Diagnostiker. Aber er ist Allgemeinmediziner und kein Spezialist. Lena sollte sich mal im Sonnbrunner Krankenhaus gründlich untersuchen lasse."

„Da war sie bereits. Sie ist gestern von Sonnbrunn nach Hause gekommen."

„Und?" fragte Vitus ehrlich interessiert. Er konnte Lena Holl sehr gut leiden. „Konnte man feststellen, woher Lenas Beschwerden kommen?"

„Ich kenne mich mit den vielen medizinischen Fachausdrücken nicht aus", antwortete Hugo. „Herausgefunden haben sie etwas, und nun soll Lena operiert werden. Aber es handelt sich hierbei angeblich um eine ziemlich umstrittene Operationsmethode, die in Deutschland noch nie vorgenommen wurde, und deshalb weigert sich die Krankenkasse, die Kosten zu übernehmen."

„In welchem Land werden solche Operationen denn gemacht?" erkundigte sich Vitus.

„In England", antwortete Hugo. „Aber das ist sehr teuer."

„Wieviel würde der Eingriff kosten?"

„Zwischen hundertfünfzigtausend und zweihunderttausend Mark."

„Gütiger Himmel."

„Ich müßte diese Summe selbst aufbringen, doch das kann ich nicht."

„Sind das nicht Schweine, die da oben?" entrüstete sich Vitus Espacher. „Für andere, unnötige Sachen schmeißen sie das Geld mit vollen Händen raus, aber wenn ein Mensch mal wirklich Hilfe braucht, lassen sie ihn im Stich."

„Solange Lena diese starken Tabletten nimmt, hat sie keine Schmerzen", erklärte Holl.

„Sie kann doch nicht für den Rest ihres Lebens diese pharmazeutischen Granaten schlucken. Damit bringt sie sich doch um. Dieses ganze mistige Medikamentenzeug hat doch stets irgendwelche gefährlichen Nebenwirkungen."

„Tut sie's nicht", sagte Hugo Holl deprimiert, „hält sie es vor Schmerzen manchmal fast nicht aus."

Vitus schüttelte anteilnehmend den Kopf. „Ihr habt was beisammen. Warum läßt unser Herrgott manche Menschen bloß so leiden? Ich sehe keinen Sinn darin."

„Ich auch nicht." Hugo seufzte schwer. „Vielleicht bin ich nicht gescheit genug, um das zu verstehen. Ich weiß nur eines: Ich muß Lena irgendwie helfen. Tatenlos zusehen, wie sie langsam zugrunde geht, kann ich nicht."

Später, zu Hause, dachte Vitus lange über die üble Situation seines Schulfreundes nach. Hugo Holl war ein Prügelknabe des Schicksals.

Wie gut geht es im Vergleich dazu Johanna und mir, überlegte Vitus ernst. Und wie danke ich dem Himmel dafür? Indem ich fremdgehe und meine Frau immer wieder betrüge. Wenn es dem Esel zu wohl ist, geht er aufs Eis tanzen.

*

Hugo und Lena Holl wohnten in einem kleinen, alten Haus, das sie gepachtet hatten. Für ein eigenes Heim hatte ihr Geld nie gereicht.

Hugo war ständig mit kleinen Ausbesserungsarbeiten beschäftigt, Hier bröckelte der Verputz ab, dort mußte die Dachrinne geflickt werden, da klapperte eine Fliese.

Dem Gebäude hätte eine Generalsanierung gutgetan, doch die konnte Holl sich leider nicht leisten. Abgesehen davon, daß man in ein Haus, das einem nicht gehört, nicht zuviel Geld hineinstecken darf.

Lena saß in einem abgewetzten Sessel, als Hugo nach Hause kam. Sie war so alt wie Johanna Espacher, neununddreißig, aber sie sah älter aus.

Die Krankheit hatte sie gezeichnet, und die Medikamente hatten sie aufgeschwemmt. Vor ihr standen ein Pillenfläschchen und ein halb leeres Wasserglas.

Hugo stand in der Tür und sah sie wehmütig an. Tränen glänzten in seinen Augen. Gott, wie sehr liebte er diese Frau. Sie so leiden zu sehen, ging fast über seine Kräfte. Es brach ihm das Herz, wenn er Lena anschaute. Wenn er ihr doch nur hätte helfen können. Er hätte alles für sie getan. Sogar gestohlen – oder sein Leben für sie gegeben.

Er ging zu ihr, beugte sich zu ihr hinunter, strich ihr liebevoll eine dunkle Haarsträhne aus dem Gesicht und küßte sie auf die Wange.

Sie nahm es kaum wahr. Wenn sie mit diesen starken Medikamenten vollgepumpt war, ging das Leben mehr oder weniger unbeachtet an ihr vorbei. Man konnte fast meinen, sie würde mit offenen Augen schlafen.

„Ich bin wieder zurück", sagte Hugo Holl sanft.

Unendlich langsam hob Lena den Kopf und sah ihn an.

„Wie geht es dir?" erkundigte er sich.

Sie antwortete nicht.

„Hast du Schmerzen?"

Sie schüttelte den Kopf. „Nein ..."

Er griff nach ihrer kalten, kraftlosen Hand. „Möchtest du irgend etwas?"

„Nein ...", antwortete sie gedehnt.

„Ich brate uns schnell eine Wurst ab, hm?"

„Ich habe keinen Hunger." Sie dehnte alle Worte.

„Möchtest du was trinken?"

Sie schüttelte wieder den Kopf, langsam, wie in Zeitlupe. „Nein ..."

„Ich bin Vitus begegnet", erzählte er. „Johanna ist heute zur Kur gefahren."

„Ich bin müde ..."

„Möchtest du dich hinlegen?" fragte Hugo.

„Ja ..."

„Hier im Wohnzimmer oder lieber im Schlafzimmer?"

„Schlafzimmer ...", antwortete Lena schleppend.

„Komm." Er half ihr, aufzustehen. Sie hängte sich schwer an ihn, ihr Schritt war heute wieder mal besonders unsicher. Es war nicht ganz einfach für ihn, sie ins Bett zu bringen, denn er durfte seinen Rücken nicht überlasten.

Dieser verfluchte Baum. Nie würde Holl vergessen, wie das damals gewesen war. Sie hatten alles richtig gemacht, und dennoch war der Baum nicht so gefallen, wie er nach ihrer Berechnung hätte fallen müssen.

Zwanzig Jahre hatte Hugo Holl im Wald gearbeitet. Nie hatte er sich auch nur die kleinste Verletzung durch Leichtsinn, Unachtsamkeit oder mangelhaftes Wissen zugezogen – und plötzlich war der Baum auf ihn gestürzt.

„Vorsicht! Der Baum!" hatten seine Kollegen gebrüllt und hatten sich mit weiten Sätzen nach links oder rechts in Sicherheit gebracht.

Er wollte auch springen, aber er war nicht schnell genug gewesen, hatte zu langsam reagiert, weil er nicht begreifen konnte, daß der Baum in die falsche Richtung stürzte. Er konnte es sich noch immer nicht erklären.

Knirschend brachen die Äste, krachend splitterte das Holz. Hugo Holl starrte fassungslos nach oben, sah den Baum auf sich zukommen und schrie: „Das gibt's doch nicht!" Dann erst handelte er. Zu spät. Er hatte nur noch Zeit, sich nach links zu drehen und zum Sprung zu ducken. Vom Boden konnte er sich nicht mehr abstoßen, denn da war der Baum bereits über ihm.

Ein gewaltiger Schlag streckte ihn nieder ... Lärm, als würde die Welt untergehen ... Staub ... Schmerzen ... Schwärze ... Vergessen ...

Als er zu sich kam, lag er auf der Intensivstation des Sonnbrunner Krankenhauses. Niemand durfte zu ihm, nicht einmal Lena.

Er erfuhr, daß der Baum ihm das Rückgrat zertrümmert hatte. Daß er das überlebt habe und nicht einmal querschnittgelähmt sei, grenze an ein Wunder, erklärten die Ärzte.

Man hatte ihn operiert, doch es war nicht bei dieser einen Operation geblieben. Man legte ihn insgesamt viermal auf den Operationstisch, stützte die Wirbel mit Metall und entlastete so Knochenmark und Nervenstrang.

Als er die Klinik verließ, ging er mit Krücken. Heute brauchte er sie nicht mehr. Sie lagen auf dem Schlafzimmerschrank und waren schon beinahe in Vergessenheit geraten.

Holl deckte seine Frau zu und streichelte sanft ihre Wange. „Schlaf, mein Schatz", flüsterte er. „Ruh dich aus und mach dir keine Sorgen. Es wird alles gut. Jedes Problem läßt sich lösen. Auch unseres. Und ich weiß auch schon, wie."

Lena fielen die Augen zu. Sie hörte nicht mehr, was ihr Mann sagte. Er schlich auf Zehenspitzen aus dem Schlafzimmer und schloß ganz leise die Tür.

Ein tiefer Seufzer entrang sich seiner Brust. Ihm war endlich eine Idee gekommen, wie er das Geld für die Operation auftreiben konnte.

*

Vitus Espacher war im Rebenfeld gewesen, um die Stare zu vertreiben. Er hatte sich die Frucht angesehen und war damit zufrieden, wie sie gedieh.

In diesem Jahr würde es mehr Wein geben als in den vergangenen vier Jahren, wenn die Rebstöcke diesmal vom Hagel verschont blieben, und es würde ein guter Tropfen werden.

Der Bauer sah auf seine Armbanduhr. Wenn Claudia, sein „Urlaubsgast", in keinen Stau geraten war, mußte sie in Kürze in Schönwies eintreffen.

Er zog die Gummistiefel aus, ging ins Bad, duschte, zog sich um, und als er draußen einen Wagen vorfahren hörte, war er sicher, daß seine Claudia angekommen war.

Sein Herz schlug bis zum Hals hinauf. Er eilte zum Fenster. Draußen stand ein weißer Renault Clio, eine blonde, attraktive Frau stieg soeben aus und blickte sich um.

Claudia!

Vitus hätte beinahe einen Freudenschrei ausgestoßen. Er war ganz schrecklich aufgeregt. Claudia war gekommen. Eine himmlische Zeit lag vor ihnen.

Er stürmte aus dem Haus. Am liebsten hätte er Claudia in seine Arme gerissen und wie verrückt geküßt, aber das durfte er nicht. Er mußte sich zurückhalten.

In so einem kleinen Dorf stand man unter ständiger Beobachtung. Nur im Haus würden er und Claudia vor neugierigen Blicken sicher sein, deshalb gab sich Vitus Espacher hier draußen zwar sehr freundlich, aber reserviert.

„Claudia", sagte er überwältigt. „Du bist da. Es – es ist wie ein wunderbarer Traum. Hoffentlich wache ich nicht auf und stelle fest, daß ich allein bin."

„Guten Tag, Vitus", sagte Claudia verlegen.

Er streckte ihr die Hand entgegen. „Willkommen in Schönwies."

Sie ergriff die Hand. „Ich hätte nicht herkommen dürfen."

„Ich bin unbeschreiblich glücklich, daß du da bist."

„Es ist nicht recht, was wir tun, Vitus."

„Denk jetzt nicht an Recht und Unrecht", erwiderte er. „Du bist hier, nur das ist wichtig."

Sie öffnete den Kofferraum ihres Wagens. „Ich hätte mich von dir nicht überreden lassen dürfen."

„Gefällt dir unser kleiner Ort nicht?" Er hob ihren Koffer heraus.

„Das hat nichts mit Schönwies zu tun."

„Ich habe dich vermißt, Claudia."

„Ich dich auch", gab sie mit belegter Stimme zu. „Ich hätte nicht gedacht, daß du mir so fehlen würdest. Ich wollte dich nicht wiedersehen, aber ich habe mich in manchen Nächten so sehr nach dir gesehnt, daß ich weinen mußte."

„Du brauchst nicht mehr zu weinen. Wir haben uns wieder."

Sie sah sich das Haus an. „Hier wohnst du also."

„Ja, hier wohne ich."

„Mit Johanna."

Vitus zog die Augenbrauen unwillig zusammen und schüttelte den Kopf. „Wir wollen in den kommenden drei Wochen nicht von Johanna reden, ja?"

„Siehst du die beiden rothaarigen Frauen dort drüben?" fragte Claudia Behrens. „Ich wette, die zerreißen sich schon das Maul über uns."

„Das sind die Roten Schwestern. Kümmer dich nicht um sie. Sie lassen an niemandem ein gutes Haar. Sie sind eine echte Plage hier."

„Ich würde zu gern wissen, was sie in diesem Augenblick sagen."

Vitus zuckte die Achseln. „Irgendeine Gemeinheit. Die müssen das Gift, das sie in ganz Schönwies verspritzen, schon mit der Muttermilch getrunken haben. Komm ins Haus und vergiß diese tratschsüchtigen Weiber."

Als Claudia auf die beiden aufmerksam geworden war, sagte Sophie Jäger gerade zu Fanny Gressl: „Siehst du, was ich sehe, Schwester?"

„Selbstverständlich", antwortete diese.

„Hat der Mensch Töne", gab Sophie entrüstet von sich.

Fanny kniff die Augen zusammen, um besser zu sehen. „Ein Feriengast."

„Ein überaus attraktiver", sagte Sophie. „Da kann man sich so einiges zusammenreimen."

„So? Was denn?"

Sophie sah ihre Schwester verwundert an. „Begreifst du wirklich nicht, was da läuft? Also ich kann zwei und zwei zusammenzählen."

„Zwei und zwei."

Sophie Jäger warf Fanny Gressl einen verdrossenen Blick zu. „Sag jetzt bloß nicht, das ergibt vier. Sieh nur, wie galant der Espacher-Vitus ist. Er trägt den Koffer der schönen Dame, lächelt freundlich und schmilzt förmlich dahin. Möchtest du hören, was ich denke? Ich denke, daß da eine ziemliche Schweinerei im Gang ist. Kaum ist Johanna weg, holt er sich schon eine andere Frau, als Sommergast getarnt, ins Haus."

„Vielleicht ist sie wirklich nur ein Sommergast."

„Sei doch nicht so furchtbar naiv, Fanny." Sophie schüttelte vorwurfsvoll den Kopf und sah sich den weißen Renault etwas genauer an. „Münchener Kennzeichen. War Vitus Espacher in letzter Zeit mal in München?"

„Das weiß ich nicht, aber auf Kur war er vor zwei Monaten."

Sophie schnippte mit den Fingern. „Und da hat er dieses blonde Gift aus der Stadt kennengelernt. Die Dame ist sein Kurschatten, sag' ich dir."

„Also das ist ja der Gipfel der Geschmacklosigkeit", entrüstete sich daraufhin Fanny Gressl. „Johannas Bett ist noch nicht einmal richtig ausgekühlt, da legt sich bereits Vitus' Kurschatten hinein."

Sophie Jäger nickte bedeutungsvoll. „So sind die Männer. Man kann keinem von ihnen vertrauen. Sie sind alle falsch und verschlagen. Alle – ohne Ausnahme."

Kaum im Haus, ließ Vitus den Koffer fallen und riß Claudia ungestüm an sich. Er küßte sie heißblütig und keuchte: „Endlich habe ich dich wieder, Claudia. Oh, Claudia, du weißt nicht, wieviel du mir bedeutest."

Immer und immer wieder bedeckte er ihr schönes Gesicht mit wilden Küssen. Er war völlig außer sich vor Leidenschaft und Begierde.

Das Blut rauschte in seinen Ohren, sein Puls raste und sein Herz hämmerte laut gegen die Rippen. Keine Frau hatte ihn jemals so sehr aus der Fassung gebracht.

*

Es machte in Schönwies rasch die Runde, daß der Kater des Herrn Pfarrer überfahren worden war, und so kamen die Dorfbewohner, um sich nach Mäxchens Befinden zu erkundigen oder dem Geistlichen Trost zu spenden. Jeder hatte ein freundliches Wort und einen guten Tip für Paul Schmieder. Die aufgetakelte „Frau Apotheker" kam sogar mit einem Geschenk, das sich in ihrem Einkaufskorb befand, ins Pfarrhaus.

„Grüß Gott, Frau Maus. Wie geht es unserem Herrn Pfarrer? Ist er noch fustriert?" Die fünfzigjährige Anneliese Lösch war nicht mit großen Geistesgaben gesegnet, was sie aber nicht daran hinderte, immer wieder Fremdwörter – natürlich falsch – zu benutzen. „Man sollte diesen rücksichtslosen Autofahrer aus dem Straßenverkehr illuminieren. Gestern war es eine Katze, die er überfahren hat, morgen kann es ein Kind sein oder eine alte Frau und nächste Woche vielleicht Sie – oder ich. Eine Inkompitenz sondergleichen ist das, wie manche Leute Auto fahren. Wenn ich etwas zu sagen hätte, würde ich da mal ganz rigios durchgreifen." Sie hob den Korb, der mit einem rot-weiß karierten Tuch zugedeckt war. „Ich habe hier ein kleines Persent für unsern Hochwürden."

„Was ist es denn?" wollte die Pfarrhaushälterin wissen.

„Max zwei."

„Max was?"

„Zwei", wiederholte die Frau des Apothekers und nahm das rot-weiß karierte Tuch fort. Im Korb saß ein winziges schwarzes Kätzchen. „Was für ein Glück, daß die Katze vom Lorenz Dachser gerade jetzt geworfen hat, nicht wahr?" Sie nahm das winzige, mit dünnem Stimmchen miauende Katzenbaby heraus. „Ist er nicht putzig, der kleine Nachfolger von Max?"

Erika Maus spürte Zorn in sich aufsteigen. Wie konnte diese Frau nur so gefühllos sein? Max war gestern erst überfahren und operiert worden, und heute präsentierte Anneliese Lösch bereits seinen Nachfolger.

Wieso überhaupt Nachfolger? Max war nicht tot. Ihm hatte heute sogar schon wieder sein Fressen geschmeckt. Ein paar Jährchen konnte er noch schaffen, wenn er auf der Straße von nun an etwas vorsichtiger war.

„Sie können dem Dachser-Lorenz sein Kätzchen zurückbringen", empfahl die Wirtschafterin der Frau des Apothekers. „Wir haben keine Verwendung dafür, weil es unserem Max nämlich schon bedeutend bessergeht."

Anneliese Lösch setzte den kleinen, schwarzen, kläglich miauenden Knäuel wieder in den Korb. „Na ja, aber euer Max ist nicht mehr der Jüngste", gab sie zu bedenken.

„Sollen wir ihn deswegen aus dem Haus jagen und uns einen anderen Kater nehmen – wo er uns so viele Jahre lang Freude gemacht und uns die Treue gehalten hat?"

„Vielleicht lebt er noch ein paar Monate, und dann …"

„Unser Max wird so alt wie eine Schildkröte", behauptete Erika Maus und bat die Frau des Apothekers, zu gehen. Beleidigt verließ Anneliese Lösch das Pfarrhaus, in dem eine Stunde später Polizeihauptmeister Alfred Schweiger erschien. Pfarrer Schmieder saß im Pfarrgarten auf der Bank. In einem Wäschekorb, der neben ihm auf dem Boden stand, lag Max und döste vor sich hin. Als der Kater Schweigers Stimme hörte, bewegte er die Ohren, aber die Augen öffnete er nicht.

„Darf ich mich zu Ihnen setzen, Hochwürden?" fragte der fünfzigjährige Polizeihauptmeister.

„Selbstverständlich." Paul Schmieder machte eine einladende Geste.

Der Polizist nahm Platz. „Freut mich, zu sehen, daß es Max noch gibt."

Schmieder schaute lächelnd auf das Tier hinunter. „Ja, unserem Herrgott hat es gefallen, ihn noch ein Weilchen bei uns zu lassen."

„Der Buchholz-Luk, die Gambacher-Eva und die Burgmeister-Gerlinde haben ein bißchen Detektiv gespielt", berichtete der Polizeihauptmeister. „Max wurde doch von einem schwarzen Audi überfahren, und die drei glauben, daß dieses Fahrzeug jemandem gehört, der in Sonnbrunn wohnt. Wenn das stimmt, muß der Lenker auszuforschen sein."

„Lohnt sich die Mühe denn?"

Schweiger sah den Priester befremdet an. „Na hören Sie mal? Irgend so ein Rowdy hätte beinahe Ihren Kater totgefahren. Das darf er doch nicht ungestraft getan haben. Dem gehören zumindest gehörig die Leviten gelesen, damit er sich nicht noch einmal so verhält. Er hätte anhalten und nach dem Tier sehen müssen. Statt dessen ist er einfach abgehauen. Das darf man ihm nicht durchgehen lassen."

„Setzen Sie ihm nicht allzu arg zu, Hauptwachtmeister", sagte Pfarrer Schmieder. „Unser christlicher Glaube lehrt uns, zu verzeihen."

„Ich werde dem Burschen verzeihen, Hochwürden", knurrte der strenge Dorfpolizist, „aber erst hinterher. Zuerst fahre ich mit ihm Schlitten."

*

Es machte Claudia Behrens Spaß, Vitus Espacher bei der Arbeit zu helfen. Sie war ihm natürlich keine so große Hilfe wie Johanna, aber ein wenig vermochte sie ihn doch auch zu entlasten, und er rechnete es ihr hoch an, daß sie nichts dagegen hatte, sich auch mal ordentlich dreckig zu machen. Immer wenn sie sich unbeobachtet fühlten, turtelten und schnäbelten sie, und in den heißen Nächten kamen sie kaum zum Schlafen.

Im Dorf erzählte Vitus, sein Sommergast sei eine Geschäftsfrau aus München, die den Landaufenthalt noch mit ihrem Mann geplant habe, deren Ehe dann aber geschieden worden wäre und die deshalb nun allein nach

Schönwies gekommen sei, weil sie diesen Urlaub nach all dem Streß der vergangenen Wochen und Monate mehr als dringend nötig habe. Eine glaubhaft klingende Geschichte. Mal sehen, ob die Schönwieser sie schluckten.

Vitus trat auf die Terrasse. Claudia schlummerte im Garten in einer Hängematte, die an zwei Apfelbäumen befestigt war. Sie war nun schon fast eine ganze Woche hier, und er war ihrer noch lange nicht überdrüssig.

Die Gelegenheit, Johanna anzurufen, war günstig. Es war ihm lieber, wenn Claudia das Gespräch nicht mithörte. Da konnte er viel besser und überzeugender lügen.

Er kehrte ins Haus zurück und wählte die Nummer der Kuranstalt. Johanna war auf ihrem Zimmer. Bei diesem schönen Wetter. Er konnte das nicht verstehen.

„Warum gehst du nicht spazieren?" fragte er. „Du hast dich doch mit dieser netten Frau aus Frankfurt angefreundet."

Johanna seufzte. „Sie hat keine Zeit mehr für mich."

„Wieso nicht?" fragte Vitus überrascht.

„Sie hat einen Mann kennengelernt. Mit dem ist sie nun von früh bis spät zusammen."

Vitus staunte. „Aber sie sagte doch, sie wäre glücklich verheiratet und an keinem Abenteuer interessiert."

„Da kannte sie diesen Mann noch nicht", erwiderte Johanna. „Nun denkt sie anders."

„Das tut mir leid für dich, Liebes. Langweilst du dich jetzt?"

„Ich habe viel zu lesen, und ich denke oft an dich."

„Ich denke auch sehr oft an dich", sagte Vitus. „Jeden Tag. Wie bekommt dir die Kur?"

„Kann ich nicht sagen."

Er lachte leise. „Wieso nicht?"

„Es geht mir nicht besser und nicht schlechter. Ich spüre eigentlich überhaupt nichts von der Behandlung."

„Die Reaktion kommt erst", meinte Vitus.

Johanna seufzte. „Ich wäre am liebsten schon wieder zu Hause – bei dir."

Vitus erschrak. Im Moment konnte er seine Frau hier absolut nicht brauchen, denn ihren Platz nahm eine andere ein. Er ließ sich nichts von seinen Gefühlen anmerken. „Ich hätte dich auch gern schon wieder bei mir", sagte er sanft.

„Du fehlst mir."

„Du fehlst mir auch, aber es sind ja nur drei Wochen, die wir voneinander getrennt sind, und eine davon ist bereits um", tröstete Vitus seine Frau. „Noch zwei Wochen, dann bist du wieder daheim. Ich werde dich mit einem riesigen Blumenstrauß vom Bahnhof abholen."

„Das ist nicht nötig. Hauptsache du stehst auf dem Bahnsteig, wenn ich aus dem Zug steige."

Er überlegte, ob er ihr von Claudia erzählen sollte. Es wäre ein Fehler gewesen, es nicht zu tun. Johanna hätte aus einem Schweigen falsche – und somit richtige – Schlüsse ziehen können. Wenn er ihr aber ganz offen berichtete, daß sich ein Sommergast im Haus befand, konnte Johanna keinen „unbegründeten" Verdacht schöpfen.

Er tischte seiner Frau über Claudia (er gab ihr einen anderen Namen) dieselbe Lügengeschichte wie den Leuten im Dorf auf und sagte, daß die Dame aus der Stadt, die nach Schönwies gekommen war, um sich von den Strapazen, die ihre Scheidung zur Folge gehabt hatte, zu erholen, zwar nicht unhübsch, aber überhaupt nicht sein Fall sei.

„Da bin ich aber froh", meinte Johanna.

„Du weißt doch, daß du mir vertrauen kannst."

„Ja, das weiß ich", pflichtete Johanna ihm bei, „sonst hätte ich hier keine ruhige Minute."

„Weiterhin gute Erholung, Johanna."

„Danke, Vitus."

„Ich liebe dich", sagte er so innig wie möglich.

„Und ich liebe dich."

„Laß es dir gutgehen." Er schickte einen Kuß durch die Leitung und legte auf.

Plötzlich lachte jemand hinter ihm. Er drehte sich erschrocken um. In der Tür stand Claudia Behrens in knappen Shorts und einem zitronengelben T-Shirt.

Einmal mehr hatte er Gelegenheit, festzustellen, daß sie wunderschöne, lange, makellose Beine und eine atemberaubende Figur hatte.

Claudia schüttelte amüsiert den Kopf. „Was bist du doch für ein falscher Fuffziger."

„Wie lange stehst du da schon?" fragte er heiser.

„Ich habe dein ganzes Gesülze mit angehört." Sie kam langsam näher, wiegte sich dabei aufreizend in den Hüften, erreichte ihn und fuhr ihm mit gespreizten Fingern durchs dichte dunkle Haar. „Bin ich tatsächlich überhaupt nicht dein Fall?"

„Das mußte ich sagen, damit sie nicht mißtrauisch wird", erklärte er, legte die Arme um sie und drückte sie an sich. „Du weißt doch, daß ich verrückt nach dir bin."

„Ich bin froh, daß ich nicht an Johannas Stelle bin, sonst würdest du mich so schamlos anlügen."

„Ich lüge für uns beide, damit wir weiter zusammensein können." Er grinste. „Johanna ist ahnungslos. Es geht ihr gut. Uns geht es auch prima. Also ist alles in bester Ordnung." Er preßte Claudia so fest an sich, daß sie keine Luft mehr bekam. „Küß mich", verlangte sie heiser, „und genieße mit mir diesen wundervollen Augenblick."

*

Max strich wie früher um Erika Maus' Beine, um sich ein Extraleckerchen zu erschnurren. Die Wunde war gut verheilt, das schwarze Fell, das Dr. Florian Weiß abrasiert hatte, begann langsam wieder nachzuwachsen.

Aber vergessen hatte Max den Unfall noch nicht. Wenn ein Auto an den offenen Pfarrhausfenstern vorbeifuhr, duckte der Kater sich oder er verkroch sich ganz schnell unter dem Tisch, unter einer Bank oder einem Stuhl.

Paul Schmieder lachte und kraulte das Tier vorsichtig zwischen den Ohren. „Ja, ja, mein Freund, man lernt aus seinen Fehlern, nicht wahr? Egal, wie alt man ist."

Die Pfarrhaushälterin stellte einen Napf mit gewässerter Milch auf den Boden.

Max kam sofort angesaust und leckte ihn in null Komma nichts leer.

Kaplan Klingmann kam heim und brachte den neuesten Dorfklatsch mit. Der Bürgermeister, der zugleich Vorsitzender des Sportvereins war, wollte einen bekannten Kicker, der in die Jahre gekommen war, nach Schönwies holen.

Max Wurzers verärgerte Vereinsfreunde warfen ihm Großmannssucht vor, denn der Fußballer war natürlich nicht gratis gekommen.

Der Verein, bei dem er derzeit spielte, wollte eine unrealistisch hohe Ablösesumme für ihn haben, und der

Star selbst wollte natürlich auch – vermutlich zum letztenmal in seiner langen Fußballerlaufbahn – ein ansehnliches Handgeld einstecken.

„Geld, das gar nicht vorhanden ist", erklärte Jürgen Klingmann. „Der Kassierer des Sportvereins sagte mir im Vertrauen, daß in seiner Kasse derzeit eine geradezu deprimierende Ebbe herrsche."

„Und damit will der Bürgermeister dann den Fußballer bezahlen?" fragte Erika Maus. „Mit Hosenknöpfen?"

Jürgen Klingmann hob die Schultern. „Vielleicht hat er vor, einen Bankkredit aufzunehmen."

„Das wäre ja verrückt", sagte die Wirtschafterin.

„Wurzer rechnet wahrscheinlich damit, daß mehr Zuschauer auf den Sportplatz kommen, wenn er unsere Mannschaft mit diesem Star verstärkt", meinte der Kaplan.

„Sicher kämen ein paar Leute mehr", sagte Paul Schmieder. „Aber bestimmt nicht so viele, daß unterm Strich Geld übrigbleibt."

„Wurzers zweite ehrgeizige Überlegung scheint mir zu sein, daß der bekannte Kicker viele Tore schießt und der Schönwieser Verein dadurch in die nächsthöhere Klasse aufsteigt", sagte Jürgen Klingmann.

„Die sollen das Geld lieber jemand geben, der es dringend braucht", sagte Erika Maus.

„Welches Geld denn?" fragte Paul Schmieder. „Das nicht vorhandene?"

„Bedürftige Menschen gäbe es in Schönwies mehrere", sagte die Pfarrhaushälterin ernst. „Zum Beispiel das Ehepaar Holl. Lena Holl müßte in England operiert werden, doch ihr Mann kann das Geld dafür – immerhin hundertfünfzig- bis zweihunderttausend Mark – nicht aufbringen, und die Krankenkasse zahlt nicht, weil sie auf dem Standpunkt steht, daß es sich hierbei um eine umstrittene Operationsmethode ohne Erfolgsgarantie handelt."

„Wenn die Kirche das Geld hätte, würde Holl es von uns bekommen", bemerkte der Pfarrer, „aber leider ..."

„Können wir uns nicht mit dem Bürgermeister zusammentun und für Lena und Hugo Holl eine Geldspendeaktion ins Leben rufen?" fragte Kaplan Klingmann.

„Das ist eine gute Idee", bestätigte Paul Schmieder. „Ich werde mit Max Wurzer reden. Wenn ich Glück habe, erwische ich ihn an seinem karitativen Tag."

*

Wenn die Roten Schwestern mit der Frau des Bäckers, Walburga „Wally" Gerstl, einer fürchterlichen Zwiderwurzen, zusammenkamen, hätte Polizeihauptmeister

Schweiger für Schönwies eigentlich Giftwarnung geben müssen, denn was die drei dann hochkonzentriert verspritzten, war schlimmer als eine Mixtur aus Salzsäure, E 605 und Arsen.

„Habt ihr gesehen, was für ein goldenes Vögelchen sich der Espacher-Vitus ins Haus geholt hat?" fragte die vierzigjährige Bäckersfrau, die hinter jedem Pfennig her war wie der Teufel hinter einer armen Seele, in ihrem Laden die Roten Schwestern.

„Wir haben beobachtet, wie die Dame aus der Stadt ankam", sagte Sophie Jäger mit gerümpfter Nase.

„Der Vitus hat gebalzt wie ein Auerhahn", behauptete Fanny Gressl.

„Ihren Koffer hat er getragen", sagte Sophie.

„Ganz Kavalier", ergänzte Fanny.

„Nur der Handkuß hat gefehlt", meinte Sophie ironisch.

Fanny wiegte den Kopf. „Wer weiß, was er alles geküßt hat, sobald er mit ihr im Haus war."

„Die Frau ist kein gewöhnlicher Feriengast, wie Vitus allen im Dorf weismachen möchte", erklärte Wally Gerstl. „Das kann er seiner Großmutter erzählen."

„Die lebt doch gar nicht mehr", sagte Fanny Gressl.

Die Bäckersfrau nickte. „Eben. Sonst würd' sie's ihm nämlich auch nicht glauben."

„Scheint sich schon recht gut eingelebt zu haben, die feine Frau aus München", meinte Sophie Jäger ätzend.

„Gestern hat sie in einem skandalös winzigen Bikini in der Sonne gelegen", erzählte Wally Gerstl. „Zuerst habe ich gedacht, sie wäre nackt. Zugetraut hätte ich es dieser Person. In der Stadt kennen sie ja kein Schamgefühl mehr."

„Und der Espacher-Vitus?" fragte Fanny Gressl neugierig.

„Der hat natürlich Stielaugen gehabt", berichtete Wally.

Sophie Jäger schüttelte empört den Kopf. „Und das alles hinter dem Rücken seiner kreuzbraven Johanna. Ich sag's ja immer: Die Männer sind alle miteinander nichts wert. Sie lügen. Sie betrügen. Sie spielen sich auf, als wären sie die absolute Krönung der Schöpfung, und man hat als Frau nichts wie Ärger und Verdruß mit ihnen, solange sie leben."

Sophie war Beamtenwitwe. Sie war schon dreißig gewesen, als sie geheiratet hatte, ein spätes Mädchen, wie man so schön sagt. Sie hatte als Angestellte in der Sonnbrunner Finanzbehörde gearbeitet, als sich ein schüchternes, platonisches Verhältnis zu Heinrich Jäger entspann.

Dieser war Oberinspektor und um siebzehn Jahre älter gewesen und hatte noch immer mit seiner Mutter zusammengelebt, die mit ihrer Liebe und Fürsorge ein Erwachsen- und Selbständigwerden ihres Sohnes gründlich zu verhindern gewußt hatte. Eine Heirat hatte sie mit gutem Grund erst kurz vor ihrem Tod zugelassen, und schon bald nach der Hochzeit war es Sophie bewußt geworden, daß ihr Heinrich weniger eine Frau als vielmehr eine Krankenpflegerin gebraucht hatte.

Er war ein schwieriger, pedantischer und kleinlicher Mensch gewesen, und sein Magenleiden, das sich zusehends verschlimmerte, hatte dazu geführt, daß er von Tag zu Tag unleidlicher geworden war.

Als Heinrich Jäger nach acht trübseligen, völlig ereignislosen Jahren das Zeitliche gesegnet hatte, war es mit Sophies Trauer natürlich nicht sonderlich weit her gewesen, wenngleich sie nach außen hin die gebrochene, tief erschütterte Witwe gespielt hatte. Schließlich weiß man, was die Mitmenschen von einem erwarten. Sophie glaubte zu wissen, wovon sie sprach, wenn sie über die Männer herzog, und sie tat es immer wieder gern – und selbstverständlich in der bösartigsten Weise, wie es ihrem Naturell entsprach.

„Wenn die Espacher-Johanna wieder in Schönwies ist und zu mir in die Bäckerei kommt, werde ich ihr die Augen über ihren falschen, hinterhältigen Mann öffnen", kündigte Wally Gerstl an.

„Das ist das mindeste, was man für sie tun kann", bestätigte Sophie Jäger zustimmend nickend.

„Wir Frauen müssen zusammenhalten", sagte Fanny Gressl, die – zum Glück, wie sie fand – nie verheiratet gewesen war, „sonst tun die Männer ja nur noch, was sie wollen."

„Ich fürchte bloß, die Johanna wird mir nicht glauben", bemerkte Wally Gerstl mit gefurchter Stirn. „Die sieht in ihrem Vitus ja so etwas wie einen Heiligen."

„Blödsinn", warf Sophie Jäger kopfschüttelnd ein. „Vitus war noch nie ein Heiliger. Hat sie denn schon vergessen, wie ihr Mann früher war?"

„Vor der Hochzeit hat er sich gründlich die Hörner abgestoßen", sagte Fanny Gressl. „Das weiß jeder in Schönwies."

„Die Johanna meint, das darf ein Mann", sagte Wally. „Wenn er in der Ehe dann solide ist, ist alles in Ordnung."

„Nichts ist in Ordnung, man sieht es ja", entgegnete Sophie Jäger harsch. „Der Kater läßt das Mausen nicht. Kaum ist Johanna für drei Wochen fort, kommt Vitus' wahres Ich gleich wieder zum Vorschein."

„Darf ich euch als Zeugen nennen, wenn ich der Johanna erzähle, wie ihr Mann es hinter ihrem Rücken getrieben hat?"

„Jederzeit", sagten die Roten Schwestern gleichzeitig und nickten synchron.

*

Wie jeden Samstag nahm Pfarrer Schmieder in der Schönwieser Barockkirche St. Martin seinen Schäfchen die Beichte ab. Von der Ablaßfeier im Rahmen der Vorabendmesse hielten vor allem die älteren Gläubigen nicht allzuviel. Das war ihnen zu unpersönlich. Sie zählten lieber im Beichtstuhl ihre kleineren und größeren Verfehlungen auf und baten um Nachlaß, wie sie es von jung auf gewöhnt waren.

Es war zumeist nichts Weltbewegendes, was Pfarrer Schmieder zu hören bekam. Das eine alte Weiblein war letzten Sonntag nicht beim Gottesdienst, weil es sich nicht wohl gefühlt hatte. Das andere hatte schlecht über den Bürgermeister gesprochen.

Matthias Schwarzenbeck, der Koch vom Gasthaus „Oberwirt", hatte geflucht, als er eine heiße Pfanne berührt hatte. Anna Fingerl hatte gestern ihr Abendgebet vergessen. Und Arnold Oberholzer, der als Sägemeister im Sägewerk seines Vaters arbeitete, beichtete, daß er ziemlich heftig die Frau eines guten Bekannten begehrt hatte.

Gütig und verständnisvoll sprach Paul Schmieder sie alle von ihren Sünden los, und die Buße, die er ihnen auferlegte, fiel zumeist sehr christlich aus.

Hin und wieder kam es vor, daß jemand den Beichtstuhl mit dem Pfarrhaus verwechselte und nicht nur seine Sünden ablud, sondern auch gleich die Gelegenheit wahrnahm, sich beim Herrn Pfarrer über den Apotheker, den Kaplan, den Polizeihauptmeister, den Tierarzt oder sonst jemanden zu beschweren. Wenn andere dadurch nicht warten mußten, bis sie an die Reihe kamen, hörte sich Paul Schmieder auch das, was nicht hierher gehörte, geduldig an, obwohl es ihm lieber gewesen wäre, ein solches Gespräch in seinem Arbeitszimmer zu führen und nicht in der düsteren Enge des Beichtstuhls. Mit umgelegter Stola und erhobener Hand erteilte er soeben Luise Ackermann, der Frau des Gemeindearztes, die Absolution. „Ego te absolvo e peccatis tuis in nomine patris …" Er sah durch das Gitter, wie die Frau sich während der Lossprechung bekreuzigte, aufstand und den Beichtstuhl verließ. Der letzte, der heute beichten wollte, war Hugo Holl.

„Gelobt sei Jesus Christus", sagte er.

„In Ewigkeit, Amen", sagte Paul Schmieder.

Was Holl dann loswerden wollte, hatte nur sehr wenig mit einer Beichte zu tun. Mit den paar Sünden, die er begangen hatte, war er schnell fertig.

Dann fragte er bitter: „Warum läßt Gott so viel Ungerechtigkeit auf der Welt zu, Herr Pfarrer? Lena und ich waren stets bestrebt, ein anständiges Leben zu führen. Ein Leben, wie es Gott gefällt, aber er hat uns nicht dafür belohnt. Im Gegenteil. Bestraft hat er uns – mit Armut, Krankheit und Schmerzen. Muß man da nicht an seiner Güte zweifeln?"

„Wir sollten dieses Gespräch im Pfarrhaus fortsetzen", schlug Paul Schmieder vor.

„Nein", erwiderte Hugo Holl hastig, „ich möchte im Beichtstuhl bleiben."

„In meinem Arbeitszimmer sind wir genauso ungestört."

„Darum geht es mir nicht", sagte Holl. „Ich habe noch etwas zu beichten, und das kann ich Ihnen nur hier anvertrauen, weil Sie hier nämlich an das Beichtgeheimnis gebunden sind." Er schwieg kurz. Dann fuhr er fort: „Ich habe etwas getan ... Und ich werde noch etwas tun, Herr Pfarrer ... Für meine Lena ... Weil ich nicht mehr tatenlos zusehen kann, wie sie leidet."

„Was haben Sie vor?" fragte der Geistliche unangenehm berührt.

„Helfen werde ich meiner Frau, und ich bin hier, um mir gewissermaßen im voraus die Absolution zu holen."

„Wenn Sie von mir erwarten, daß ich gutheiße, was unrecht ist ..."

„Wenn einer ein Verbrechen begeht, hinterher zu Ihnen kommt und bereut, müssen Sie ihn von seiner Sünde freisprechen."

„Wollen Sie ein Verbrechen begehen?"

„Meine Frau braucht Hilfe, Herr Pfarrer. Lena kann wieder völlig gesund werden, wenn man sie in England operiert, aber wir können uns den teueren Eingriff nicht leisten. Kann es Gottes Wille sein, daß Lena langsam dahinsiecht und schließlich stirbt, bloß weil wir kein Geld haben? Für mich steht fest, daß ich den Tod meiner geliebten Frau nicht überleben würde, aber was macht es für einen Sinn, daß wir beide sterben?"

„Herr Holl ..."

Der Mann schüttelte heftig den Kopf. „Kommen Sie mir nicht damit, Gottes Wege sind unergründlich."

„So ist es", erwiderte der Priester. „Wir sind zu klein, um Gottes Größe und Seinen Willen begreifen zu können. Alles hat in unserem Leben einen Sinn, auch wenn wir ihn nicht zu erkennen vermögen."

„Zwei anständige, gottesfürchtige Menschen sollen an einer Laune unseres Herrn zugrundegehen, Hochwürden, so sehe ich das."

„Sie sehen es falsch."

„Lena und ich werden von Gott geprüft, nicht wahr?" fragte Hugo Holl gallig. „Und wenn wir diese lange, sinnlose, schmerzhafte Prüfung bestehen, kommen wir in den Himmel. Aber hier auf Erden hatten wir die Hölle. Ist das fair, Hochwürden? Warum muß das sein? Lena und ich haben nichts getan. Lena noch weniger als ich. Warum läßt unser grausamer Herrgott sie so leiden? Kann es sein, daß wir ihm nicht wichtig sind? Kann es sein, daß ich für meine Frau mehr Herz habe als unser Schöpfer?"

„Sie sind verbittert, deshalb will ich Ihnen nachsehen, wie Sie über den Herrn sprechen", sagte Paul Schmieder ernst.

„Ja, Hochwürden, ich bin verbittert – und unglücklich – und verzweifelt – und enttäuscht von der Ungerechtigkeit dieser Welt. Und von Gott. Jawohl, auch von Ihm. Es heißt doch, Er sieht alles. Wie kann Er so viel Leid zulassen? Wenn man hilflos mit ansehen muß, wie Lena mehr und mehr verfällt, da – da verliert man mit der Zeit langsam, aber sicher den Glauben, Herr Pfarrer."

„Trotzdem sind Sie zu Gott gekommen."

„Um mein Gewissen zu erleichtern, ja", sagte Hugo Holl rauh. „Weil ich mit irgend jemandem über das, was ich tun werde, reden muß. Weil Sie wissen sollen, daß Lena keine Ahnung von meinem Vorhaben hat, daß es ganz allein meine Idee war und wir uns nicht abgesprochen haben. Ich werde ein Verbrechen begehen. Sie können mich nicht davon abhalten. Niemand kann das. Mein

Entschluß ist unumstößlich. Ich werde für meine Frau ein Gesetz brechen, weil das die einzige Möglichkeit ist, das Geld zu beschaffen, das die Operation kostet."

„Überstürzen Sie nichts, Herr Holl."

„Es ist bereits zuviel Zeit verstrichen, Hochwürden. Wenn ich nicht rasch handle, kann man Lena in England auch nicht mehr helfen."

„Lassen Sie mich mit dem Bürgermeister reden", bat Paul Schmieder eindringlich.

„Wozu?"

„Kirche und Gemeinde könnten das Geld aufbringen, das Sie brauchen", sagte der Geistliche.

„Es gibt mehrere Hilfsbedürftige in Schönwies. Die andern würden sagen: ,Warum helft ihr den Holls und uns nicht?' Das ist doch ungerecht. Dem Bürgermeister sind die Hände gebunden. Er müßte die Sache vor den Gemeinderat bringen – und Sie vor den Kirchenrat. Bis Sie beide das durchgeboxt haben, ist es für Lena zu spät. Nein, Herr Pfarrer. Ich brauche niemandes Hilfe. Wie heißt es doch: Hilf dir selbst, dann hilft dir Gott."

„Was, um Himmels willen, wollen Sie denn tun, Herr Holl?"

„Ich werde jemanden betrügen", bekannte der verzweifelte Forstarbeiter offen.

„Wen?" wollte Paul Schmieder wissen.

„Eine Versicherung. Das tut denen nicht weh. Sehen Sie sich nur die protzigen Paläste an, die sie sich bauen. Zweihunderttausend Mark sind für die ein Pappenstiel. Außerdem sind alle Versicherungen zwecks Verlustminderung untereinander versichert, damit sie größere Summen nicht allein berappen müssen."

„Und wie wollen Sie die Versicherung betrügen?" fragte der Priester, der sich nicht wohl in seiner Haut fühlte. Hugo Holl war drauf und dran, ihm zum Mitwisser eines Verbrechens zu machen, und ihm waren durch das Beichtgeheimnis die Hände gebunden. Wenn es ihm nicht gelang, Holl zu überreden, nicht vom rechten Weg abzuweichen, würde der Mann sich strafbar machen.

„Ich habe mir alles genau überlegt", behauptete Holl.

„Haben Sie auch die Folgen bedacht?"

„Es wird keine Folgen geben."

„Ihr Betrug könnte auffliegen", sagte der Priester.

„Das wird er nicht."

„Und wenn doch?" fragte Paul Schmieder. „Dann sperrt man Sie ein, Lena ist allein und Geld für die Operation gibt es erst recht keines."

„Die Versicherung wird zahlen."

„Wieso sind Sie so sicher?"

„Ich habe eine Lebensversicherung abgeschlossen", erzählte Hugo Holl.

„Und?"

„Wenn ich nicht mehr bin, bekommt Lena zweihundertfünfzigtausend Mark. Dann kann sie sich operieren lassen."

„Aber zuerst müssen Sie sterben", sagte der Geistliche rauh.

„Das ist richtig, Hochwürden, aber ich bin bereit, dieses Opfer für meine geliebte Frau zu bringen."

„Haben Sie sich Ihre Versicherungspolice genau durchgelesen?"

„Ganz genau", sagte Holl.

„Gibt es darin keine Selbstmordklausel?"

„Doch, die gibt es", antwortete Hugo Holl.

„Steht darin, daß die Versicherung nicht zu zahlen braucht, wenn Sie sich das Leben nehmen?"

„Ja, diesen Passus gibt es, aber den kann man umgehen."

„Was haben Sie geplant, Herr Holl?" fragte Paul Schmieder fröstelnd.

„Unsere Nachbarin wird sich um Lena kümmern. Ich werde für einige Tage wegfahren, ausspannen in den Alpen, da, wo ich vor Jahren mal mit Lena war ... Man bricht zu einer Bergwanderung auf ... Vielleicht schlägt das Wetter plötzlich um ... Oder man übersieht eine Markierung, kommt vom sicheren Weg ab, stürzt in eine tiefe Schlucht, wird nach Tagen erst gefunden – natürlich tot …"

Der Priester starrte entgeistert durch das Gitter. „Großer Gott, Herr Holl."

„Wenn ich sterbe, kann Lena weiterleben", erklärte Holl völlig emotionslos.

„Ohne Sie."

„Aber gesund", sagte Hugo Holl nüchtern. „Seit mich dieser Baum damals beinahe erschlagen hätte, habe ich keine Angst mehr vor dem Tod."

Paul Schmieder lief ein kalter Schauer über den Rücken.

„Kein Christ darf das Leben, das ihm Gott gegeben hat, so leichtfertig wegwerfen."

„Der Herr hat mir zuviel angetan, Hochwürden. Ich fühle mich Ihm nicht mehr verpflichtet. Er zwingt mich, ein Leben zu führen, das ich nicht mag, also beende ich es – und rette obendrein das Leben meiner Frau."

„Heiliger Strohsack, Herr Holl!" platzte es aus Pfarrer Schmieder heraus. „Wir gehen jetzt gemeinsam ins Pfarrhaus hinüber und reden in aller Ruhe und Vernunft über die Sache", sagte er energisch. „Sie haben keinen Grund, zu verzweifeln. Ihr Problem ist lösbar."

Stille auf der anderen Seite.

„Herr Holl."

Herr Holl sagte nichts. Paul Schmieder schaute durch das Gitter und erschrak. Er sah den invaliden Forstarbeiter nicht. Rasch stand er auf, verließ den Beichtstuhl und stellte fest, daß Holl nicht mehr da war. Er drehte sich um und ließ den Blick durch die leere Kirche schweifen.

Nichts. Hugo Holl schien sich von einer Sekunde zur andern in Luft aufgelöst zu haben. Mit großen Schritten und wehendem Habit eilte der Geistliche aus der Kirche. Auf dem Marktplatz herrschte das übliche samstägliche Treiben. Von Hugo Holl keine Spur. Wen nahm es da wunder, daß sich Paul Schmieder mit einem neuerlichen herzhaften „Heiliger Strohsack!" Luft machte.

„Grüß Gott, Herr Pfarrer", sprach Thekla Schwarzenbeck ihn an. Ihr und ihrem Mann gehörte das Gasthaus „Oberwirt". Als gelernte Kellnerin schmiß sie den Laden mit viel Geschick und Schwung. „Sie sehen aus, als wäre Ihnen ein Geist erschienen."

„Ich suche Hugo Holl", sagte Pfarrer Schmieder mit belegter Stimme. „Haben Sie ihn gesehen?"

„Tut mir leid, nein." Theklas Blick erforschte das Gesicht des Priesters. „Holl hat sich doch nicht etwa am Opferstock vergriffen?"

„Wie kommen Sie denn auf so etwas?"

Thekla Schwarzenbeck zuckte die Achseln. „Er braucht ganz dringend Geld."

„Er braucht mehr, als sich jemals im Opferstock befunden hat."

Die Schärfe, mit der Paul Schmieder das gesagt hatte, ließ die Wirtin unwillkürlich zusammenzucken. „Entschuldigen Sie, Hochwürden. Ich sollte besser zuerst denken und dann reden."

„O ja", bestätigte der Geistliche ernst. „Das wäre wirklich zu begrüßen."

*

„Ist Ihnen eine Laus über die Leber gelaufen, Hochwürden?" fragte wenig später Erika Maus.

Max hockte vor seinem Napf und fraß knirschend und krachend Trockenfutter.

Paul Schmieder hätte seine Haushälterin gern eingeweiht, aber er durfte es nicht. Er mußte das Beichtgeheimnis wahren, mußte das, was Hugo Holl ihm im Beichtstuhl aufgebürdet hatte, ganz alleine tragen.

„Sie haben Sorgen, das sehe ich Ihnen an", sagte Erika Maus, die seit Anbeginn im Pfarramt im Dienst war, deshalb konnte sie sich auch schon mal ein offenes Wort erlauben.

„Ja, Erika", seufzte der Priester schwer. „Ich habe Sorgen."

Die Haushälterin nickte. „Aber Sie dürfen nicht darüber reden."

„So ist es", bestätigte Paul Schmieder deprimiert. Er lief unruhig im Zimmer hin und her.

„Wegen dem Beichtgeheimnis?"

„Du sagst es", gab Schmieder der Wirtschafterin recht, während er nicht aufhörte, auf und ab zu gehen.

Erika sah ihn mit ihren warmen, dunklen Augen traurig an. „Ich wollte, ich könnte Ihnen helfen."

„Das kannst du leider nicht."

„Vielleicht sollten Sie sich hinsetzen, in Ruhe ein Pfeifchen rauchen, ein Gläschen Beerenwein trinken und sich die ganze Sache in Ruhe durch den Kopf gehen lassen." An und für sich hatte Frau Maus ja keine große Freude, wenn der Herr Pfarrer im Haus qualmte, aber in solchen Ausnahmefällen sah sie gerne großzügig darüber hinweg.

„Ich muß noch mal weg", sagte Paul Schmieder plötzlich.

„Darf ich erfahren, wohin Sie gehen?" erkundigte sich die Pfarrhaushälterin.

„Ich bin bald wieder zurück."

„Wenn jemand nach Ihnen fragt – was soll ich ihm sagen?" wollte Erika Maus wissen. Der Priester blieb ihr die Antwort schuldig. Geistesabwesend verließ er das

Pfarrhaus, rannte durch das halbe Dorf und betrat wenig später atemlos das kleine Haus der Holls.

Lena Holl war allein zu Hause, und die starken Medikamente, die sie genommen hatte, machten sie beinahe unansprechbar. Ihr Blick war leer, sie konnte nicht richtig denken, redete furchtbar langsam und bewegte sich wie in Zeitlupe.

„Wissen Sie, wo Ihr Mann ist, Frau Holl?" fragte der Priester.

„Mein Mann …"

„Ja", sagte der Geistliche fiebernd.

„Hugo …"

„Ja, Hugo. Wo ist er?" fragte Pfarrer Schmieder schließlich ungeduldig.

„Ich weiß es nicht …"

Paul Schmieder ließ sich nicht entmutigen. „Wann hat er denn das Haus verlassen?" fragte er mit eindringlicher Stimme weiter.

„Ich kann mich nicht erinnern …"

„Hat er irgend etwas mitgenommen?" wollte Pfarrer Schmieder wissen.

„Mitgenommen …"

„Ja, einen Koffer, eine Tasche."

„Mitgenommen …" Lenas leerer Blick rutschte noch mehr ab. „Mitgenommen …", murmelte sie sichtlich verwirrt. „Warum sollte Hugo etwas mitnehmen …? Einen Koffer, eine Tasche – warum? Er hat nicht vor, wegzufahren …"

O doch, dachte Paul Schmieder aufgewühlt, diese Absicht hat er. Er hat es dir nur nicht gesagt. „Früher", sagte der Priester heiser, „als Sie beide noch gesund waren, sind Sie oft weggefahren, nicht wahr?"

Die kranke Frau nickte sehr, sehr langsam. „Früher, ja …"

„Wohin sind Sie mit Ihrem Mann gefahren, Lena?"

„In die Berge …" antwortete Lena Holl langsam. „Wir haben die Berge sehr geliebt …"

„Welche Berge waren das?"

„Alle …", sagte Lena leise. „Die ganzen Alpen …"

„Und wo hat es Ihnen am besten gefallen?"

„Das Großglocknermassiv, das war sehr schön …", erinnerte sich Lena. „Der Pasterzengletscher …"

„War das auch Hugos Lieblingsziel?"

Lena schüttelte unendlich langsam den Kopf. „Nein, Hugo hatte ein anderes …"

„Welches?"

Lena versuchte nachzudenken, doch die Medikamente lähmten ihren Geist. „Ich erinnere mich nicht mehr …"

„Befand es sich auch in Österreich?" wollte Paul Schmieder wissen.

„Nein, in der Schweiz …"

„Wo?" fragte der Geistliche nachdrücklich. „Bitte denken Sie nach, Lena, es ist sehr wichtig."

„Der Ort ist mir entfallen …" Lena Holl begann unvermittelt zu weinen. „Bitte, entschuldigen Sie, Herr Pfarrer, aber ich kann die Tränen nicht zurückhalten …"

Paul Schmieder legte ihr die Hand auf die Schulter. „Schon gut, Lena", sagte er mitfühlend. „Weinen Sie nur."

„Hugo ist so arm …" schluchzte die Frau. Große Tränen rannen ihr über die aufgedunsenen Wangen. „Zuerst der Unfall im Wald, dann meine Krankheit … Er macht sich so viele Sorgen …"

„Er liebt Sie."

„Er ist ein guter Mann, Hochwürden … Er würde alles für mich tun …"

„Ich weiß", bestätigte Paul Schmieder. „Er würde sogar sein Leben für Sie geben."

„Er ist so verzweifelt, weil er das Geld für die Operation nicht auftreiben kann …"

Pfarrer Schmieder unternahm einen letzten Versuch, herauszufinden, welches Gebiet in den Alpen Hugo Holl für seine selbstmörderische Bergtour ins Auge gefaßt hatte. „Wenn Sie und Hugo gesund wären, und man würde Ihren Mann fragen, wohin er mit Ihnen gerne übers Wochenende fahren möchte, was würde er wohl ganz spontan antworten?"

„Zum Großglockner ...", sagte Lena Holl.

Da gab Paul Schmieder es schwer seufzend auf und ging zu Polizeihauptmeister Schweiger. Der schüttelte den Kopf und sagte: „Bedauerlicherweise gibt es, was die Sache mit Max angeht, keine weitere Neuigkeiten, Herr Pfarrer. Es gibt in Sonnbrunn nur zwei schwarze Audis. Der eine wurde an dem Tag, an dem es Max erwischt hat, nachweislich nicht benutzt, und der Besitzer des andern Fahrzeugs war zur fraglichen Zeit mit seinem Wagen in Rom, wofür es drei glaubwürdige Zeugen gibt. Kollegen von mir sehen sich derzeit in den umliegenden Gemeinden um. Vielleicht werden wir des unverantwortlichen Kerls, der Ihren Kater überfahren hat, doch noch habhaft. Aber, wenn ich ehrlich sein soll, die Aussichten, ihn zu kriegen, werden immer geringer."

„Ich bin nicht deswegen hier", erwiderte Paul Schmieder nervös.

Alfred Schweiger nahm das nickend zur Kenntnis. „Aha – und was ..."

„Es geht um Hugo Holl", erklärte Schmieder fahrig.

Schweiger sah ihn fragend an. „Ja?"

„Ich muß ihn dringend finden."

„Hat er was angestellt?" wollte der Polizeihauptmeister wissen.

„Nein."

„Darf ich fragen, warum Sie ihn so dringend finden müssen?" erkundigte sich Alfred Schweiger.

„Nein, Herr Schweiger, das dürfen sie nicht." Paul Schmieder biß sich auf die Lippe. Gott, wenn er sich doch nur klarer hätte ausdrücken dürfen.

„Wenn ich ihn für Sie suchen soll, brauche ich einen Grund ..."

Schmieder warf dem Uniformierten einen flehenden Blick zu. „Suchen Sie ihn einfach und bringen Sie ihn zu mir."

„Das darf ich nicht, Herr Pfarrer. Ich bin Polizeibeamter. Ich muß mich an das Gesetz halten. Wenn Herr Holl etwas verbrochen hat, kann ich eine Fahndung rausgehen lassen ..."

„Er hat nichts verbrochen." Noch nicht, dachte der Geistliche. Und wenn der Tatbestand des Verbrechens erst erfüllt ist, lebt Holl nicht mehr. „Wie es aussieht, hat er Schönwies in Richtung Alpen verlassen."

„Mit Lena?"

„Nein, die ist zu Hause."

Alfred Schweigers Miene nahm einen höchst ungläubigen Ausdruck an. „Er hat seine kranke Frau allein gelassen und ist in Richtung Alpen unterwegs? Das kann ich mir nicht vorstellen. Lena braucht ihn doch." Über der

Nasenwurzel des Polizisten bildete sich eine tiefe Falte. „Da stimmt doch irgend etwas nicht. Sie müssen mir sagen, was los ist, Herr Pfarrer!"

„Das kann ich nicht."

Jetzt ging Alfred Schweiger ein Licht auf. „Holl hat Ihnen im Beichtstuhl etwas anvertraut, hm?"

„Ja. Es ist ganz wichtig, daß Sie ihn finden, Herr Schweiger, sonst ..."

„Sonst?"

Paul Schmieder hob hilflos die Schultern. „Tut mir leid, mehr darf ich nicht sagen."

*

Den Sonntagnachmittag verbrachte Vitus Espacher mit Claudia Behrens im Bett.

„Halten wir eine kleine Siesta?" hatte er nach dem Mittagessen schmunzelnd gefragt.

„Im Schlafzimmer?"

„Wo kann man sich besser ausruhen?"

Claudia hatte amüsiert gelacht. „Ausruhen wovon?"

Er hatte grinsend die Achseln gezuckt und seine Hand auf ihr Knie gelegt. „Ich weiß nicht."

Claudia war mit ihm ins Schlafzimmer gegangen, und von Ausruhen war dann natürlich keine Rede gewesen.

Wieder einmal schlugen die Wogen der Leidenschaft sehr hoch, doch Vitus merkte zum erstenmal, daß das Ganze eigentlich nicht richtig seine Seele berührte.

Es war wunderschön, das schon, aber es ging nicht wirklich in die Tiefe, blieb an der seichten Oberfläche, gab sich mehr und mehr als eine eher rein körperliche Sache zu erkennen, hatte mit Liebe eigentlich sehr wenig zu tun, mußte mehr als das würdelose Ausleben eines animalischen Triebes bewertet werden – und das gab Vitus zu denken.

Unwillkürlich verscheuchte er diese unwilkommenen Gedanken und ließ sich weiter treiben. Sein Verstand hakte aus, und er tauchte, blind vor glühender Leidenschaft, ein in eine strahlendbunte Welt wunderbarster Gefühle – nicht ahnend, daß Johanna wie vom Donner gerührt in der Tür stand und voller Abscheu und Entsetzen mit ansah, was er und Claudia im Ehebett anstellten.

Johanna war zurückgekommen!

Sie hatte ihre Kur vorzeitig abgebrochen, weil jemand, der es gut mit ihr meinte, sie im Kurhotel angerufen hatte. Eine Frau. Anonym.

Vielleicht war es Sophie Jäger gewesen oder ihre Schwester Fanny Gressl. Auch Wally Gerstl konnte sich hinter der offensichtlich verstellten Stimme verborgen haben. Johanna hatte noch jedes Wort genau im Ohr.

Die Anruferin war ohne Umschweife zur Sache gekommen.

„Der Vitus hat sich ein schönes blondes Flittchen aus der Stadt ins Haus geholt, sobald Sie weg waren. Es ist eine Schande, was die beiden den ganzen Tag – und erst recht in der Nacht – so alles treiben. Sie sollten schnellstens nach Hause kommen und ihnen das abstellen." Klick. Aus. Die Leitung war tot, die Unbekannte hatte aufgelegt.

Und Johanna war kopflos im Kreis gelaufen.

Nein, dachte sie. Das glaube ich nicht. Das tut mir mein Vitus nicht an. Er liebt mich. Jedesmal wenn wir telefonieren, sagt er es mir – und auch, wie einsam er ist, wie sehr ich ihm fehle. Das kann doch nicht alles gelogen sein. Oder etwa doch? Unsicherheit und Zweifel befielen sie. Vitus war früher kein Kostverächter gewesen, er hatte nichts anbrennen lassen. Der Jagdtrieb mußte all die Jahre in ihm geschlummert haben, und nun schien er wieder erwacht zu sein.

Sie quälte sich eine Stunde, dann stand es für sie fest: Sie mußte nach Hause, denn sie würde es nach diesem furchtbaren Anruf keinen Tag länger in der Kur aushalten. Sie packte hastig und meldete sich beim Kurarzt ab. Sie sagte dem Mann, eine familiäre Angelegenheit mache ihre sofortige Heimkehr dringend nötig.

Zwei Stunden später saß sie im Zug, stand während der ganzen Fahrt unheimlich unter Strom und wurde von Ängsten und Zweifeln geplagt.

Immer wieder versuchte sie sich vorzustellen, was sie zu Hause vorfinden würde. Ihre aufgepeitschte Phantasie malte Bilder in den schrecklichsten und widerwärtigsten Farben. Daß es aber so schlimm kommen würde, hätte Johanna sich niemals träumen lassen. Ihr Mann und diese Frau – beide nackt – verschmolzen in triebhaftester, zügellosester Ekstase ... Nichts hörend ... Nichts sehend ... Den Gipfel des absoluten Verzückens erstürmend ...

Das alles stieß Johanna so sehr ab, schockierte sie dermaßen, daß ihr die Sinne zu schwinden drohten. Sie schwankte, das Schlafzimmer schaukelte vor ihren Augen, begann sich wie ein Karussell zu drehen.

Ihr Herz wurde von einem wahnsinnigen Schmerz zerrissen, und in ihrem Kopf schien eine Granate zu explodieren. Das sündhafte, verabscheuungswürdige Schauspiel, das Vitus und diese Frau ihr boten, raubte ihr den Verstand.

Blind und taub wie das Paar im Schlafzimmer taumelte Johanna Espacher zurück. Vitus, der einzige Mensch, den sie hatte, der einzige Mann, den sie je geliebt hatte, lag mit einer fremden Frau im Bett.

Fassungslosigkeit, Enttäuschung, Verzweiflung, Empörung, Wut, Haß und Rachegelüste ließen sie durch das Haus taumeln. Da war der Gewehrschrank.

Ohne zu wissen, was sie tat, öffnete sie ihn und nahm eine der Waffen, eine doppelläufige Schrotflinte, heraus, drehte sich um und ging zum Schlafzimmer zurück. Erst nach dem Krachen des zweiten Schusses begriff sie, was sie getan hatte, und es entsetzte sie so sehr, daß sie die Waffe fallen ließ und in heller Panik aus dem Haus floh.

Nie hätte sie gedacht, daß sie zu so etwas fähig wäre. Völlig verstört und in Tränen aufgelöst rannte sie durch Schönwies, als wollte sie vor sich selbst davonlaufen. Mein Gott, was hast du getan? schrie es in ihr. Du hast zwei Menschen umgebracht! Du bist eine Mörderin! Eine Doppelmörderin.

In der Ferne war ein Pfeifsignal zu hören. Normalerweise fuhr um diese Zeit kein Zug. Er mußte eingeschoben sein. Vielleicht war es ein Sonderzug.

Er kam Johanna gerade recht, denn sie wollte plötzlich nicht mehr leben. Nicht mit dieser schweren Gewissenslast. Nicht nach dieser schrecklichen Bluttat, die sie begangen hatte. Sie keuchte den Bahndamm hinauf, stürzte, kroch auf allen vieren weiter. Ihr Herz raste, Schweiß glänzte auf ihrem Gesicht und vermischte sich mit ihren Tränen.

Schnell! Schnell! Sie mußte sich beeilen, mußte die Geleise erreichen, bevor der Zug da war. Sie sah ihn schon – ein großes schwarzes Ungeheuer, dessen Konturen hinter ihrem Tränenschleier verschwammen.

Donnernd rollte die schwere Lokomotive heran. Die Gerechtigkeit, die Sühne, die Strafe für das, was sie getan hatte – das Vergessen.

Atemlos kam sie oben auf dem Bahndamm an und stellte sich zwischen die Schienen. Wieder pfiff der Zug. Diesmal galt das Signal ihr, doch sie rührte sich nicht von der Stelle. Sie hatte zwei Menschen erschossen. Sie hatte ihr Leben verwirkt und nichts mehr auf dieser Welt verloren. Pfiff um Pfiff gellte durch den sonnigen Tag.

Das ratternde, stampfende, schnaubende und pfeifende schwarze Ungeheuer wurde rasch größer und bedrohlicher. Johanna Espacher schloß die Augen. Gleich, dachte sie. Gleich ist es vorbei … Und es wäre tatsächlich um sie geschehen gewesen, wenn Jürgen Klingmann nicht im allerletzten Moment eingegriffen hätte. Ein Glück, daß der Kaplan am Bahndamm entlangspaziert war, denn so konnte er die Verzweiflungstat der Frau gerade noch verhindern. Er war für einen Augenblick vor Entsetzen gelähmt, als er begriff, was Johanna Espacher vorhatte.

„Herrgott, was tut sie?" entfuhr es ihm, und gleichzeitig rannte er los.

Es war ein Wettlauf mit dem Zug, ein Wettlauf mit dem Tod. Jürgen Klingmann wußte, daß er ihn gewinnen mußte, weil die Frau sonst verloren war, denn der Bremsweg des Zuges war viel zu lang, als daß er noch vor Johanna zum Stehen kommen konnte, zu viele Tonnen drückten ihn erbarmungslos vorwärts.

Hart schlossen sich Klingmanns Finger um Johanna Espachers Handgelenk. Er riß sie zu sich – und der Zug hämmerte an ihnen vorbei.

Der Kaplan und die Frau stürzten und rollten den Bahndamm hinunter. „Um Gottes willen, Johanna, was wollten Sie tun?" brüllte Jürgen Klingmann aufgebracht.

Die Frau weinte haltlos. „Warum haben Sie es verhindert?"

„Ich konnte doch nicht zusehen ..."

„Warum haben Sie nicht weggesehen?" Johanna Espacher schlug die Hände vors Gesicht, brach innerlich restlos zusammen und war kaum zu verstehen, als sie schluchzend und stockend ihre Wahnsinnstat gestand.

Blaß vor Entsetzen hörte der junge Kaplan zu. Schließlich sprang er auf und zog die Frau hoch. „Kommen Sie!"

„Wohin?"

„Zurück zu Ihrem Haus", antwortete Jürgen Klingmann. „Vielleicht können wir den beiden noch helfen."

„Sie sind tot."

„Davon haben Sie sich nicht überzeugt", sagte Klingmann. „Sie haben nicht auf Vitus und die Frau gezielt, sondern einfach zweimal abgedrückt. Sie können danebengeschossen haben."

„Mit Schrot? Auf diese Entfernung?"

„Nichts ist unmöglich, Johanna."

Die Bäuerin folgte ihm mit apathischer Miene. Erst vor ihrem Haus kam wieder Leben in ihr Gesicht. Sie schüttelte heftig den Kopf und stieß verstört hervor: „Ich gehe da nicht hinein. Das kann ich nicht. Das ist mir nicht möglich. Ich kann mir die Toten nicht ansehen."

„Na schön, bleiben Sie hier, aber rühren Sie sich nicht von der Stelle." Der Kaplan ging allein ins Haus.

Irgend jemand befand sich im Wohnzimmer. Jürgen Klingmann betrat gespannt den Raum. In einem Sessel saß Vitus Espacher, die doppelläufige Schrotflinte lag auf seinen Knien, und er starrte sie fassungslos an.

„Vitus." Der Bauer reagierte nicht.

„Vitus", sagte Jürgen Klingmann noch einmal.

Jetzt hob der Mann den Kopf. Er trug einen Schlafrock, sein Gesicht war teigig. „Herr Kaplan", kam es dünn über seine bebenden Lippen.

„Sind sie in Ordnung?"

„Johanna war hier ...", sagte Vitus Espacher mit brüchiger Stimme. „Wie kann sie hier sein ..."

Er konnte das nicht begreifen. „Sie ist doch ..." Es zuckte unkontrolliert in seinem bleichen Gesicht. „Sie hat auf uns geschossen ..."

„Ich weiß."

Die Sache wurde für Vitus Espacher immer verwirrender. „Sie wissen ...?"

„Sind Sie verletzt?"

Vitus schüttelte den Kopf. „Nein."

„Was ist mit dieser Frau?" wollte Kaplan Klingmann wissen.

„Claudia ist ..."

„Ist sie tot?" fiel Jürgen Klingmann dem Bauern ins Wort.

„Nein."

„Ist sie im Schlafzimmer?" fragte der Kaplan hektisch.

„Claudia ist nicht mehr da", sagte Vitus, völlig durcheinander.

„Was heißt, sie ist nicht mehr da?" wollte der junge Kaplan wissen.

„Sie hat sich schnell was übergezogen, ist aus dem Haus gerannt und mit ihrem Wagen davongerast."

„Wie ist es möglich, daß Johanna zweimal danebengeschossen hat?" fragte Klingmann heiser.

„Das Gewehr war mit Platzpatronen geladen", erklärte Vitus Espacher. „Ich nahm es immer in den Weinberg mit und verjage die Stare. Aber Johanna wußte nichts von den Platzpatronen. Sie wollte uns umbringen." Leichenblaß starrte der Bauer auf die Waffe. „Sie – sie hat auf uns angelegt und abgedrückt und – und ich kann es ihr nicht einmal verdenken, denn ich habe mich wie ein Schwein benommen. Ich begreife nicht, wie ich so gemein sein konnte. Das hat Johanna nicht verdient. Sie war mir immer eine gute, treue Ehefrau. Sie hat mich aufrichtig geliebt. Und ich …" Jetzt weinte er. „Sie wird mich verlassen." Aus seiner Stimme war der ganze Schmerz herauszuhören, der ihn quälte. „Recht geschieht mir. Ich bin diese wunderbare Frau nicht wert." Er sah den Kaplan mit tränenverhangenem Blick an. „Sie werden mir nach allem, was vorgefallen ist, nicht glauben, aber ich sage die Wahrheit: Ich liebe Johanna – und nur sie. Das ist mir heute erst bewußt geworden. Ich liebe meine Frau, die ich mit meiner schändlichen, niederträchtigen, verwerflichen Tat soweit gebracht haben, daß sie den Verstand verliert und auf mich schießt. O Gott, könnte ich ihr doch nur sagen, daß ich ihr nichts nachtrage. Könnte ich sie doch nur bitten, daß sie mir vergibt."

Jürgen Klingmann nahm das Gewehr von Vitus Espachers Knien und lehnte es an eine Kommode. „Johanna ist draußen, Vitus."

Der Bauer sah den Kaplan mit flackerndem Blick an.

„Sie wollte sich vor den Zug werfen", sagte Klingmann ernst.

„Johanna!" Espacher sprang auf und stürmte aus dem Haus.

Jürgen Klingmann folgte ihm langsam.

Johanna Espacher starrte ihren Mann mit großen Augen an. Sie konnte nicht verstehen, daß er völlig unversehrt war. Das war doch nicht möglich! Ihre überreizten Sinne mußten ihr einen geschmacklosen Streich spielen.

„Vitus!" stieß sie fassungslos hervor.

Ihr ungläubiger Blick tastete ihn von Kopf bis Fuß ab.

Er schleppte sich auf sie zu. „Johanna ..."

„Aber – aber."

„Es tut mir ja so leid, Johanna." Er weinte, schämte sich seiner Tränen nicht.

„Ich habe auf euch geschossen", krächzte die Bäuerin. „Das hätte ich nicht tun dürfen."

„Es ist meine Schuld, daß du die Nerven verloren hast", entgegnete Vitus Espacher beschämt. „Was ich getan habe, ist unverzeihlich." Er sah ihr reumütig in die Augen. „Ich komme mir auf einmal so schmutzig vor."

„Das Gewehr – Es war auf einmal in meiner Hand ... Ich wollte euch töten ... O Vitus ..."

„Es ist nichts passiert, Johanna." Er breitete die Arme aus, damit sie sich davon überzeugen konnte. „Ich bin unversehrt."

Sie schaute an ihm vorbei. „Und ..."

„Claudia ist nicht mehr da. Bitte vergib mir, wenn du kannst." Er legte seine Stirn auf ihre. „Ich werd's bestimmt nie wieder tun. Ich verspreche es. Ich liebe dich, Johanna, nur dich, das habe ich heute endlich – beinahe zu spät – begriffen." Sein Blick versank in ihren Augen. „Ich glaube, du liebst mich auch, trotz allem, noch immer, sonst hättest du nicht versucht, dir das Leben zu nehmen, nachdem du auf uns geschossen hattest."

Sie sagte nichts, aber er fühlte, daß er recht hatte. Als er sie küßte, zuckte sie zunächst elektrisiert zusammen, doch dann hielt sie mit geschlossenen Augen still. Die beiden merkten nicht, wie Kaplan Klingmann sich lautlos davonstahl. Sie hatten im Moment nur noch Augen füreinander.

Im Pfarrhaus erzählte Jürgen Klingmann wenig später der Wirtschafterin und dem Geistlichen, was geschehen war. Paul Schmieder schien ihm nur mit halbem Ohr zu folgen. Wo war der Pfarrer mit seinen Gedanken? Klingmann fragte ihn, und Paul Schmieder sagte es seinem Stellvertreter, soweit er es mit seinem priesterlichen Gewissen vereinbaren konnte.

*

Montag vormittag kam Polizeihauptmeister Alfred Schweiger ins Pfarrhaus, um zu berichten, daß es leider nichts zu berichten gab. Von Hugo Holl fehle weiterhin jede Spur und von dem Autoraser, der Max überfahren hatte, auch. Schmieders Sorge um Holl wuchs stetig. Hatte der verzweifelte Mann seinen Opfergang für Lena bereits hinter sich?

Als Paul Schmieder kurz vor elf die Kirche betrat, sah er in einer der vorderen Bänke eine kniende Gestalt. Das war nicht ungewöhnlich. Es kamen immer wieder Leute hierher, um allein und in aller Stille Einkehr und Zwiesprache mit Gott zu halten. Zumeist waren es ältere Frauen, die nicht nur mehr Zeit, sondern ihrem Herrgott anscheinend auch mehr mitzuteilen hatten als die jüngeren.

Diesmal handelte es sich bei der andächtig in sich zusammengesunkenen Gestalt um einen Mann. Paul Schmieder wollte ihn nicht stören, deshalb ging er rasch und mit behutsam gesetzten Schritten an ihm vorbei.

„Herr Pfarrer."

Der Geistliche blieb stehen und drehte sich um. Vor ihm kniete Hugo Holl. Ihn hier wiederzusehen, grenzte für Paul Schmieder an ein kleines Wunder.

Jetzt stand der Mann auf und sah den Priester traurig an. Holl wirkte müde. Er ließ die Schultern hängen und senkte langsam den Blick.

„Herr Holl", sagte Paul Schmieder überrascht.

„Da bin ich wieder, Herr Pfarrer", sagte der invalide Forstarbeiter zerknirscht.

„Ich kann Ihnen nicht sagen, wie sehr ich mich über dieses Wiedersehen freue."

Holls Gesicht war voller Sorgenfalten. „Ich hätte mich Ihnen nicht anvertrauen sollen."

„Es war gut, daß Sie mit mir gesprochen haben."

„Ich war fest entschlossen, das Opfer zu bringen", sagte Holl. „Es wäre ganz einfach für mich gewesen."

Der Geistliche schüttelte den Kopf. „Es ist niemals einfach, sich das Leben zu nehmen, Herr Holl."

„Ich hätte es getan – für Lena", sagte der Mann mit belegter Stimme. „Aber ich mußte ständig an das denken, was Sie gesagt hatten. Kein Christ darf das Leben, das Gott ihm gegeben hat, leichtfertig wegwerfen. Diese Worte spukten immerzu in meinem Kopf herum. So lange, bis ich mein Vorhaben nicht mehr ausführen konnte und nach Schönwies zurückkehren mußte."

„Gehen Sie nach Hause, Herr Holl", sagte der Priester sanft. „Gehen Sie zu Ihrer Frau."

Der Mann seufzte schwer. „Jetzt werden zwei Menschen sterben – zuerst Lena, dann ich."

Paul Schmieder legte ihm gütig lächelnd die Hand auf die Schulter. „Sie brauchen beide nicht zu sterben."

„Wir haben kein Geld für die Operation."

„Gott wird einen Weg finden, Ihnen und Ihrer Frau zu helfen", sagte der Priester zuversichtlich. „Sie sollten unserem Herrn wirklich etwas mehr Vertrauen entgegenbringen."

Und Gott fand tatsächlich einen Weg – und sogar noch am selben Tag.

Johanna und Vitus Espacher kamen ins Pfarrhaus. Sie hatten einander verziehen und sich versöhnt, und da sie beide Schuld auf sich geladen hatten, drängte das Gewissen sie nun, Buße zu tun.

„Buße in welcher Form?" wollte Pfarrer Schmieder wissen.

„In Form eines guten Werkes", antwortete Vitus Espacher.

„Und was wäre in Ihren Augen ein gutes Werk?" erkundigte sich Paul Schmieder.

„Den Holls zu helfen", sagte Johanna.

„Mit Geld", fügte Vitus hinzu.

„Wir möchten für Lena Holls Operation aufkommen", erklärte Johanna.

Paul Schmieder staunte. Seines Wissens besaßen die Espachers keinen so prall gefüllten Sparstrumpf. „Woher wollt ihr diese beträchtliche Summe nehmen?"

„Wir werden einen Teil unseres Waldbesitzes verkaufen", erklärte Vitus. „Ein seriöses Angebot liegt seit einem halben Jahr vor. Wir waren bis heute nicht daran interessiert, doch das hat sich nun geändert."

„Wir möchten als Geldgeber nicht in Erscheinung treten", sagte Johanna.

„Manche sind ja nur dann wohltätig, wenn sie sicher sein können, daß auch garantiert jeder davon erfährt", meinte Vitus.

Und Paul Schmieder dachte dabei eigenartigerweise sofort an Max Wurzer, den Bürgermeister von Schönwies, der zwar schon viel für sein Dorf getan hatte, aber nur ganz selten völlig uneigennützig.

„Falls sie Sie fragen sollten, woher Sie's haben, sagen Sie einfach, die Spender möchten anonym bleiben", empfahl Vitus Espacher dem Geistlichen, und genauso wurde es gemacht.

Sechs Wochen später wurde Lena Holl in England operiert. Der Eingriff war erfolgreich, Lena wurde wieder ganz gesund, und jedesmal, wenn die wieder glücklich vereinten Espachers ihr in Schönwies begegneten, freuten sie sich insgeheim darüber, daß sie ihr helfen konnten.

Vilma Riehs

Die Motorradmesse

Die Hauptpersonen:
Bernd Assen – motorradbegeisterter junger Mann, wird von schwerer Schuld geplagt.
Robert Assen – sein Bruder, wird bei einem Unfall schwer verletzt.
Marion Sutter – Bernds Freundin, bereut ihre sture Haltung.
Dazu die Bewohner des Pfarrhauses in Schönwies.

Pfarrer Schmieder saß in seiner Soutane auf der Bank vor dem Pfarrhaus und rauchte seine geliebte Pfeife. Er genoß diese stillen, friedlichen Abende, während seine Haushälterin die letzten Handgriffe tat, bevor sie ihn zu Tisch rief.

Diese Zeit der Ruhe und Entspannung war für ihn ein Geschenk des Himmels, das er dankbar und demütig annahm. Eine kleine Schwebfliege stand vor ihm in der Luft und sah ihn sich sehr genau an.

„Na, du", sagte der Priester lächelnd. „Bist du zufrieden mit dem, was du siehst?"

Er zog wieder an seiner Pfeife. Der Rauch vertrieb das sympathische Insekt. Fünf Minuten später rief Erika Maus den Pfarrer ins Haus.

Paul Schmieder erhob sich. Er ächzte dabei leise. Ihm taten die Knie weh.

Er würde sie vor dem Zubettgehen mit der übelriechenden Tinktur einreiben, die Erika für ihn nach einem altbewährten Rezept zusammengebraut hatte und von der er lieber nicht wissen wollte, was da alles drin war. Hauptsache, das Zeug half.

Wenn es einen so intensiven Gestank verströmte, daß die Fliegen von der Wand fielen, war das kein Problem. Pfarrer Schmieder hatte sein Schlafzimmer ja für sich allein und brauchte auf niemandes Nase Rücksicht zu nehmen.

„Was gibt's denn heute Gutes?" erkundigte sich der Pfarrer.

„Blumenkohlauflauf", antwortete Erika Maus. Man sah ihr die achtundfünfzig Jahre nicht an. Ihr braunes

Haar, das sie stets locker hochgesteckt trug, war nur von wenigen grauen Strähnen durchzogen. „Verziehen Sie jetzt bloß nicht das Gesicht, Herr Pfarrer. Blumenkohl ist äußerst gesund."

„Ich habe nichts gesagt."

Erika Maus – von manchen respektlos „Kirchenmaus" genannt – musterte ihn argwöhnisch. „Da ist so ein Ausdruck in Ihren Augen …"

„Ich bitte um Vergebung, wenn er dir nicht gefällt."

„Ich weiß, was Sie denken, schließlich bin ich seit einer Ewigkeit bei Ihnen im Dienst", sagte Frau Maus. Da sie seit Anbeginn Paul Schmieder den Pfarrhaushalt führte, erlaubte sie sich ihm gegenüber schon mal ein offenes Wort. „Man kann nicht immer nur Schnitzel essen."

„Habe ich gesagt, daß ich das möchte?"

„Die Woche besteht auch nicht nur aus Sonntagen", erklärte Erika Maus, als habe Pfarrer Schmieder nichts erwidert. „Man muß gesundheitsbewußt leben."

„Ich bin ganz deiner Meinung."

Wenn Erika Maus erst mal in Fahrt war, ließ sie sich nicht so leicht abstellen, deshalb fuhr sie leidenschaftlich fort: „Und wenn im eigenen Garten – völlig ungespritzt und ganz natürlich gedüngt – ein so prächtiger Blumenkohl wächst, wäre es eine Sünde, ihn nicht zu essen."

„Ich freue mich auf deinen Blumenkohlauflauf", behauptete Pfarrer Schmieder.

„Na – ich weiß nicht …"

„Heiliger Strohsack …!" rutschte es ihm heraus.

Erika Maus hob rügend den Zeigefinger. „Herr Pfarrer, Herr Pfarrer!"

„Entschuldige, aber du kannst einen manchmal ganz schön aus der Fassung bringen. Ich liebe alles, was du kochst, weil du die Speisen immer ganz hervorragend zubereitest – ob es sich nun um ein ganz einfaches Gericht oder um einen Festtagsbraten handelt. Bist du mit dieser Aussage zufrieden?"

Sie war es anscheinend, denn sie wechselte das Thema. „Wo nur unser Kaplan bleibt. Er weiß doch, wann bei uns Essenszeit ist."

Draußen näherte sich das Brummen eines schweren Motorrades und verstummte.

„Da ist er schon", sagte der grauhaarige Pfarrer.

Kaplan Jürgen Klingmann stieg von seiner Maschine. Mark für Mark hatte er seinerzeit gespart, um sie sich kaufen zu können, und er war sehr stolz auf sein chromblitzendes Prachtstück. Allmählich gewöhnte sich Paul Schmieder daran, daß viele den dreißigjährigen Kaplan in seiner schwarzen Lederkluft und mit dem Sturzhelm eher für einen Rocker denn für einen Pfarrer hielten.

Jürgen Klingmann unterstützte ihn hervorragend, und wenn es mal galt, Hochwürden ein paar Tage zu vertreten, machte der junge blonde Mann seine Sache wirklich nicht schlecht.

Daß er mit seinen unkonventionellen Methoden bei Dienstherren und Kirchengemeinderäten oft aneckte, schrieb Paul Schmieder der Jugend des Kaplans zu.

Pfarrer Schmieder war zuversichtlich, daß Jürgen Klingmann sich im Laufe der Jahre abschleifen und ein wertvoller Nachfolger sein würde.

Der Kaplan kam mit dem Sturzhelm unter dem Arm herein. „Grüß Gott."

Erika Maus warf ihm einen strengen Blick zu.

„Ich weiß, ich bin ein bißchen spät dran, Mäuschen", sagte er.

Ein Ruck durchfuhr sie. Immer nannte er sie Mäuschen, obwohl sie ihm schon oft gesagt hatte, daß er das nicht tun sollte.

„Aber ich habe eine Entschuldigung, die Sie gelten lassen müssen." Der junge Kaplan, dem die Pfarrhaushälterin nie ernstlich böse sein konnte, schmunzelte. „Ich wurde von Polizeihauptmeister Schweiger aufgehalten."

„Haben Sie eine Verkehrssünde begangen?" fragte Frau Maus.

„Ich doch nicht. Ich fahre stets sehr diszipliniert. Wir haben uns über die Entschärfung einer gefährlichen Kurve zwischen Schönwies und Sonnbrunn unterhalten."

„Ich würde jetzt gern mal was in meinen leeren Magen kriegen", brummte Pfarrer Schmieder.

„Oh, Entschuldigung", sagte Kaplan Klingmann. „Ich ziehe mich nur ganz schnell um. Was gibt's denn?"

„Blumenkohlauflauf", antwortete Paul Schmieder, „und Erika duldet keinen scheelen Blick."

*

Nach dem Essen spendierte Pfarrer Schmieder jedem ein Gläschen von seinem selbst angesetzten, köstlichen Beerenwein. „Der Blumenkohlauflauf war ein Gedicht, Erika", lobte er seine Haushälterin.

„Schön weich", sagte Jürgen Klingmann. „Man brauchte nicht zu beißen, konnte alles mit der Zunge zerdrücken. So richtig was für dritte Zähne."

Erika Maus kniff die warmen, dunklen Augen zusammen. „Wenn das eine Kritik sein soll ..."

„Aber nein, Mäuschen. Im Gegenteil. Sie wissen doch, daß ich Ihre leicht verdauliche, gesunde Kost sehr schätze. Man hat zwar nach einer Stunde schon wieder

Kohldampf, aber dafür belastet das Essen weder Magen noch Kreislauf, und das finde ich prima."

Frau Maus wußte nicht so recht, ob es der Kaplan ernst meinte oder ob er sie auf den Arm nahm.

Sie stand auf und trug das Geschirr in die Küche.

„Ich habe mir auf der Heimfahrt etwas überlegt, Hochwürden", sagte Jürgen Klingmann.

Pfarrer Schmieder lehnte sich zurück. „Was denn?"

„Motorradfahren ist etwas Schönes."

Paul Schmieder zuckte die Achseln. „Wem's gefällt."

„Es werden immer mehr, die sich eine Maschine zulegen." Der Priester lächelte. „Mich können Sie dafür nicht begeistern."

Erika Maus setzte sich wieder zu ihnen.

„Auf so einem Motorrad erlebt man die totale Freiheit", schwärmte der Kaplan. „Man sitzt in keinem fahrbaren Käfig ..."

„Autos sind fahrbare Käfige für Sie?" fragte Pfarrer Schmieder.

„Auf einem Motorrad gibt es nichts, was einen einengt", erklärte der junge Kaplan enthusiastisch. „Man spürt den Wind, ist der Natur und somit auch ihrem Schöpfer herrlich nahe, fühlt sich großartig."

Paul Schmieder lächelte schief. „Wenn Sie vorhaben, mich zum Kauf einer Maschine zu überreden ..."

Kaplan Klingmann schüttelte den Kopf. „Nein, Hochwürden, darauf will ich nicht hinaus."

Der Pfarrer schmunzelte. „Es würde Ihnen auch nicht gelingen."

„Was ich mir überlegt habe, ist folgendes: Es bevölkern immer mehr Motorräder unsere Straßen – und auf diesen Maschinen sitzen Menschen …"

„Es würde wenig Sinn machen, wenn die Motorräder allein durch die Landschaft flitzen würden", meinte Paul Schmieder ironisch.

„Ich meine auf den Maschinen sitzen Menschen, für die wir etwas tun sollten, Hochwürden."

„Und was schwebt Ihnen da so vor?" fragte Pfarrer Schmieder vorsichtig. Jürgen Klingmann lag mit seinen Ideen in den seltensten Fällen auf seiner Linie. Ein Generationsproblem.

„Wir könnten für diese Menschen eine Messe abhalten", sagte der Kaplan.

„Das tun wir. Sie brauchen nur zu kommen."

„Eine Motorradmesse", sagte Jürgen Klingmann.

Pfarrer Schmieder sah ihn nicht eben begeistert an. „Eine Motorradmesse!" Er hielt den Vorschlag des Kaplans für eine Schnapsidee.

„Unter freiem Himmel", sagte Jürgen Klingmann.

„Hier in Schönwies."

„Die Menschen würden von weit her mit ihren Feuerstühlen zu uns kommen." Kaplan Klingmanns blaue Augen strahlten.

„Ja, das wäre zu befürchten."

„Wir dürfen die Motorradfahrer nicht länger ausgrenzen, Hochwürden."

Paul Schmieder zog die Augenbrauen zusammen. „Das tun wir nicht."

„Die Kirche hat für alle da zu sein."

„Sie brauchen mich nicht über die Aufgabe der Kirche zu belehren", brummt der Priester unwillig.

„Entschuldigen Sie, das sollte keine Belehrung sein."

„Motorräder aus nah und fern in Schönwies." Paul Schmieder machte ein Gesicht, als hätte er Essig getrunken. „Stellen Sie sich das einmal vor. Gedröhne, Geknatter, Gestank. Die Bewohner von Schönwies würden nicht wissen, wie ihnen geschieht. Sie würden verängstigt in ihren Häusern bleiben – und wir hätten ihnen das angetan. Sie würden uns das nie verzeihen."

„Wer nicht mit der Zeit geht, muß mit der Zeit gehen", sagte Jürgen Klingmann trocken.

„Mein lieber Herr Kaplan, wenn die Kirche alle Zeitströmungen und Modetorheiten mitgemacht hätte, würde es sie schon lange nicht mehr geben. Sie kann sich nur halten und glaubwürdig bleiben, wenn sie stets den goldenen Mittelweg beschreitet. Mit einer solchen Motorradmesse würden wir Schönwies in zwei Lager spalten. Ich kann nicht glauben, daß Sie das wollen."

„Es wird immer Leute geben, die gegen alles sind", sagte Jürgen Klingmann, „aber der Großteil der Menschen in unserer Gemeinde würde eine solche kirchliche Aktivität begrüßen."

„Das bezweifle ich", entgegnete Paul Schmieder.

„Darf ich mich umhören, Hochwürden?"

„Es wäre mir lieber, Sie würden Ihre Idee wieder vergessen", antwortete der Pfarrer.

„Wenn Sie wissen wollen, wie die Gemeinde darüber denkt, sollten Sie einer Umfrage zustimmen", meldete sich Erika Maus zu Wort.

Paul Schmieder warf ihr einen ärgerlichen Blick zu. Mußte sie sich ausgerechnet jetzt einmischen? „Natürlich", schnaubte der Priester, „du fällst mir wieder einmal in den Rücken. Das bin ich ja schon gewöhnt." Er trank einen Schluck vom Beerenwein. „Man kann Umfragen so steuern, daß man genau das gewünschte Ergebnis bekommt. Man braucht nur die entsprechenden Leute zu fragen."

„Halten Sie mich für so wenig objektiv, Hochwürden?" fragte der junge Kaplan ein wenig gekränkt.

„Sie möchten etwas durchsetzen, das Ihnen am Herzen liegt."

"Aber nicht um jeden Preis und nicht mit unlauteren Methoden", verteidigte sich Jürgen Klingmann.

"Also, ich bin für eine Umfrage", ergriff die Haushälterin wieder einmal – wie schon so oft – für den jungen Kaplan Partei.

"Danke, Mäuschen", sagte Jürgen Klingmann.

"Aber nur, wenn Sie mich nicht mehr Mäuschen nennen", sagte Frau Maus.

Klingmann schmunzelte. "Das wird mir wahnsinnig schwerfallen, aber ich werde es versuchen." Er sah den Priester abwartend an.

"Also gut", knurrte Paul Schmieder, "machen Sie Ihre Umfrage. Aber wie ich mich letztlich entscheide, werden Sie danach trotzdem mir überlassen müssen."

*

Kaplan Klingmann gehörte zwar nicht dem FC Schönwies an, aber wenn er Lust hatte, konnte er jederzeit beim Training mitmachen und Kraft und Kondition tanken. Die Brüder Bernd und Robert Assen galten als vielversprechende Talente, aber wenn sie einen Platz in der Kampfmannschaft haben wollten, mußten sie erst noch etwas härter werden. Ihre Ballbehandlung war schon sehr gut, und sie hatten auch einen Bombenschuß, aber sie lagen noch zu oft auf dem Boden, wenn ein Gegner sie mal etwas ruppiger attackierte, und das mußte sich noch ändern. Jürgen Klingmann trug Bernd Assen huckepack über das Fußballfeld und wurde von diesem zurückgetragen.

„Mann, das geht in die Beine", keuchte der achtzehnjährige Bernd.

Sein Bruder war neunzehn. Sie sahen sich so ähnlich, daß man sie manchmal für Zwillinge hielt – hübsche, dunkelhaarige Burschen, die gerne lachten und für jeden Spaß zu haben waren.

„So, Kameraden, das reicht für heute!" rief der Trainer. „Laßt uns jetzt mal ein paar Freistoßtricks üben."

Da machte Kaplan Klingmann nicht mehr mit. Er wischte sich mit dem Handrücken den Schweiß von der Stirn und ging sich umziehen. Nachdem er ausgiebig geduscht hatte, fühlte er sich großartig. Er holte sich ein alkoholfreies Bier aus der Kantine, setzte sich auf eine Bank und schaute den ehrgeizigen Sportlern beim Freistoßschießen zu.

„Grüß Gott, Herr Kaplan." Eine helle Mädchenstimme.

Er drehte den Kopf. „Oh, grüß Gott, Marion", gab er freundlich zurück.

Marion Sutter war ein bildhübsches Mädchen mit kurzem blondem Haar, langbeinig und gertenschlank.

Sie trug Jeans und eine schwarze Lederweste mit vielen Reißverschlüssen und Chromnieten.

„Darf ich mich neben Sie setzen?" fragte die Siebzehnjährige.

„Klar."

Sie ließ sich auf die Bank nieder. „Haben Sie mittrainiert?"

Jürgen Klingmann nickte. „Hab' ich."

„Ich bin mit Bernd Assen verabredet."

„Vor wenigen Minuten haben wir uns noch gegenseitig über das Fußballfeld geschleppt", sagte der Kaplan. „Einen Schluck Bier?"

„Danke, nein."

„Es ist alkoholfrei", sagte Kaplan Klingmann.

„Trotzdem, danke. Ich bin nicht durstig."

„Ich schon." Er trank.

Bernd Assen setzte einen Freistoß in den Kasten. Marion sprang auf, warf die Arme hoch und rief: „Bravo!"

Bernd grinste stolz zu ihr herüber.

Sie setzte sich wieder. „Das hat er großartig gemacht, finden Sie nicht?"

„Doch. Aus Bernd wird noch mal ein hervorragender Fußballer werden."

„Der Trainer sollte ihn endlich mal in der Mannschaft aufstellen", sagte Marion Sutter.

„Das kommt noch, nur Geduld. Er ist ja noch jung. Es hätte keinen Sinn, ihn zu verheizen. Der Trainer weiß, wann die Zeit für Bernd reif ist."

Bernd schoß wieder aufs Tor – gefühlvoll und placiert, aber der Tormann stieß den Ball mit den Fäusten über die Querlatte.

„Ich habe mir Ihre Maschine angesehen", sagte Marion.

„Ja?"

„Schweres Gerät", befand Marion Sutter.

„Verstehst du etwas von Motorrädern?"

Sie nickte eifrig. „Eine ganze Menge. Irgendwann muß ich unbedingt auch eine Maschine haben. Ich stehe ganz wahnsinnig auf Motorräder. Ich weiß nicht, wieso. Vielleicht bin ich verrückt. Ganz besonders hat es mir Bernds Kawasaki angetan. Wenn die losröhrt, bin ich jedesmal total von der Rolle."

Kaplan Klingmann schmunzelte. „Mir scheint, als hätte es dir nicht nur Bernds Kawasaki angetan."

Eine leichte Röte färbte Marions Wangen, und sie senkte rasch den Blick. „Ihn kann ich auch recht gut leiden."

Klingmann trank den Rest seines alkoholfreien Bieres.

„Ich kann Ihnen nicht sagen, wie irrsinnig gern ich auf so 'nem Motorrad sitze", gestand Marion. „Diese Power. Dieser Sound. Dieser Drive." Sie lachte. „Ich muß wirklich einen Zacken weghaben."

„Aber warum denn? Ich sitze doch auch gerne auf einem Motorrad", sagte der Kaplan.

„Ja, aber bei mir ist das schon fast eine Sucht." Es flakkerte kurz in ihren graugrünen Augen. „Würden Sie es unverschämt finden, wenn ich Sie bitten würde, eine kleine Runde mit mir zu drehen? Das Training dauert bestimmt noch eine halbe Stunde, und dann muß Bernd erst duschen und sich umziehen."

„Hast du einen Sturzhelm?" erkundigte sich Jürgen Klingmann.

„Selbstverständlich."

„Dann komm", sagte der Kaplan und stand auf.

*

Die Runde dauerte zwanzig Minuten, und Marion Sutter war hellauf begeistert. „Wow, ist das ein heißes Eisen!" jubelte sie, als sie den Sportplatz wieder erreichten. „Und Sie fahren hervorragend, Herr Kaplan. Ich habe mich unheimlich sicher gefühlt."

„Rasen kann jeder Dummkopf. Es gehört nicht allzuviel Intelligenz dazu, am Gashebel zu drehen."

„Da haben Sie recht." Marion nahm ihren Sturzhelm ab und kämmte ihr kurzes blondes Haar mit gespreizten

Fingern. So, wie Sie Ihre Maschine unter Kontrolle haben, kann nie was passieren."

Auch Klingmann nahm seinen Helm ab. „Passieren kann immer was", widersprach er. „Niemand ist völlig vor einem Unfall gefeit, aber man kann das Risiko so niedrig wie möglich halten."

Das Training ging zu Ende. Die Kicker verschwanden in der Umkleidekabine. Kaplan Klingmann erzählte Marion von seiner Idee, eine Motorradmesse unter freiem Himmel abzuhalten.

Klar, daß Marion Sutter davon sofort begeistert war. „Das wäre eine ganz tolle Sache", sagte sie. „Da wäre ich auf jeden Fall dabei. Schönwies – Mekka aller Feuerstühle. Da wäre endlich mal so richtig was los in unserem langweiligen Kaff."

„So langweilig finde ich es gar nicht in Schönwies."

„Eh nicht. Nur manchmal", schränkte Marion ein. Als wenig später Bernd und Robert Assen erschienen, sagte sie enthusiastisch: „Wißt ihr schon das Neueste? Es wird eine Motorradmesse in Schönwies geben. Ist das nicht toll?"

Kaplan Klingmann lachte. „Moment! Moment! Ich habe nicht gesagt, daß es eine solche Messe geben wird! Es ist fürs erste nur eine Idee."

„Eine Superidee", tönte Marion. „Das müssen Sie unbedingt durchziehen."

„Die Verwirklichung meiner Idee hängt nicht allein von mir ab", sagte Kaplan Klingmann.

Marion Sutter horchte auf. „Ist Pfarrer Schmieder etwa dagegen?"

„Sagen wir, er ist nicht richtig dagegen – aber auch nicht richtig dafür."

„Sollen wir Unterschriften sammeln, um ihn umzustimmen?" fragte Marion voller Eifer.

Der junge Kaplan schüttelte den Kopf. „Ihr braucht überhaupt nichts zu tun. Ich erledige das schon allein."

„Wenn Sie Hilfe brauchen", sagte Robert Assen, „auf Bernd und mich können Sie jederzeit zählen."

„Und auf mich natürlich auch", beeilte sich Marion Sutter zu sagen. Beim Verlassen des Sportplatzes fiel ihr auf, daß Bernd leicht hinkte. Sie sah ihn erschrocken an. „Bist du verletzt?"

Bernd winkte ab und bemühte sich, normal zu gehen. „Nicht der Rede wert. Ulli hat den Ball verfehlt und meinen Knöchel getroffen."

„Ach, herrje!"

Bernd zuckte die Achseln. „Kann vorkommen."

„Kannst du trotzdem Motorrad fahren?"

„Aber ja", antwortete Bernd. „Der Knöchel ist ja nicht gebrochen."

„Bist du sicher?"

Bernd lächelte. „Das würde mehr weh tun."

„Ulli ist ein Idiot", stieß Marion ärgerlich hervor.

„So was kann jedem passieren", verteidigte Bernd den Sportsfreund. „Er hat es ja nicht mit Absicht getan."

„Wir wollten ein bißchen mit dem Motorrad spazierenfahren."

„Das werden wir, kein Problem", versicherte Bernd ihr.

Kaplan Klingmann ging zu seiner Maschine.

„Sollten wir etwas für Sie tun können", rief Bernd Assen, bevor er sich den Sturzhelm mit dem getönten Visier aufsetzte, „lassen Sie es uns wissen."

„Ja, danke, mach' ich", gab Jürgen Klingmann zurück und schwang sich auf sein Motorrad.

*

„Eine Motorradmesse?" fragte Max Wurzer, Bürgermeister, Bauunternehmer und Vorsitzender des Sportvereins von Schönwies.

Kaplan Klingmann nickte.

„Hier bei uns?" fragte Wurzer. Sie befanden sich in seinem Büro. Klingmann nickte wieder.

„Keine schlechte Idee", sagte Wurzer und massierte sein Kinn mit Daumen und Zeigefinger. „Da würden viele Menschen nach Schönwies kommen, und sie würden ein bißchen was von ihrem schönen Geld dalassen."

„Ich denke dabei nicht an Geld."

Der geschäftstüchtige Wurzer hörte bereits im Geist die Kasse klingeln. Er tat sehr viel für seine Gemeinde, vor allem dann, wenn es zu seinem Vorteil war. „Ich schon – natürlich nur zum Wohle von Schönwies", sagte er. „Sie und Pfarrer Schmieder kümmern sich um das Seelenheil der Motorradfahrer – alles andere können Sie getrost mir überlassen. Überregionale Zeitungen, Radio, Fernsehen werden über unseren kleinen Ort berichten und ihn bekannt machen. Das wird die Zahl der Übernachtungen beträchtlich erhöhen. Sie waren in den letzten Jahren ohnedies stark rückläufig. Der Gemeinderat und ich zerbrechen uns seit Monaten den Kopf, wie wir unser Dorf attraktiver machen und neuen Schwung hineinbringen könnten. So eine Motorradmesse würde uns endlich den langersehnten Aufschwung bringen. Viele Menschen essen viel und trinken viel, und wenn man klug ist und ihnen die Möglichkeit gibt, mit ihrem Geld ein wenig um sich zu schmeißen, tun sie's auch."

Kaplan Klingmann machte kein sehr glückliches Gesicht. „Ich habe den Eindruck, wir reden aneinander vorbei, Bürgermeister. Ich spreche von einer Motorradmesse, Sie von einer Volksbelustigung, die nur dem

Zweck dient, den Menschen, die nach Schönwies kommen, soviel Geld wie möglich aus der Tasche zu ziehen."

„Was ist schlecht daran, wenn Menschen, denen es bei uns gefällt, die sich bei uns wohl fühlen, ihr Geld hierlassen?" fragte Max Wurzer mit Unschuldsmiene.

„Wissen Sie noch, was Jesus mit den Händlern im Tempel gemacht hat?"

„Aber mein lieber Kaplan, Sie können uns doch nicht mit diesen üblichen Geschäftemachern vergleichen", entgegnete Wurzer. „Der Finanzsäckel von Schönwies ist ziemlich leer. Dies soll gebaut, das muß repariert werden – jeden Tag bedrängt man mich mit neuen Forderungen. Mit zum Teil sehr berechtigten Forderungen, aber womit sollen all die anstehenden Arbeiten bezahlt werden?"

Jürgen Klingmann war plötzlich nicht mehr so begeistert von seiner Idee. Hatte Pfarrer Schmieder irgendwie geahnt, welch unwillkommene Kreise eine Motorradmesse ziehen würde? Die Vision, die Max Wurzer ihm zeigte, gefiel auch ihm nicht. An allen Straßenecken Verkaufsstände. Zuckerwatte. Currygeruch. Frittierölgestank. Kitsch. Ramsch. Plunder. Weggeworfene Plastikbecher. Zerbrochen Glasflaschen. Weinende Kinder, die ihre Eltern verloren hatten ...

Ganz Schönwies ein einziges großes lärmendes Volksfest. Und was war mit Gott?

„Wann soll das Fest – äh … die Messe – denn steigen?" wollte der Bürgermeister wissen.

„Das Ganze ist über das Stadium einer Idee noch nicht hinaus", antwortete Jürgen Klingmann zaghaft. „Bevor man die Vorbereitungen für eine so große Messe in Angriff nimmt, bedarf es reiflicher Überlegungen."

„Ich wette, die Motorradmesse ist Ihnen eingefallen."

„Richtig."

„Und wie steht Pfarrer Schmieder dazu?" wollte der Bürgermeister wissen.

„Nun ja …"

Max Wurzer nickte grimmig. „Er ist dagegen."

„Nun ja …", wiederholte sich der junge Kaplan.

„Pfarrer Schmieder ist ein alter, erzkonservativer, verstockter Mann, ein Geistlicher alten Schlages. Das war so, ist so und muß immer so bleiben, lautet sein Dogma. Stimmt's oder hab' ich recht?"

„Die Kirche kann nicht jede Modetorheit mitmachen", erwiderte Kaplan Klingmann.

„Aber sie muß sich nach den herrschenden Gegebenheiten orientieren. Man reitet nun mal nicht mehr auf Eseln wie zu Jesu Zeiten. Man fährt heute auf Motorrädern. Vor allem die Jugend. Wenn Schmieder sie nicht verlieren will, muß er ihr was bieten: Jazz-, Rock-, Motorradmessen. Das lockt die Jugend an. Das bringt ein volles Haus – äh …, eine volle Kirche, wollte ich sagen."

Jürgen Klingmann erhob sich langsam. „Also, ich wollte nur mal ganz grundsätzlich Ihre Meinung zu diesem Thema hören …"

Max Wurzer nickte heftig. „Ich bin dafür. Ich sage ja. Mit einer Motorradmesse würde Pfarrer Schmieder unserem schmucken Ort einen ganz großen Gefallen erweisen. Sagen Sie ihm das. Sagen Sie ihm, er soll über seinen Schatten springen und einmal im Leben modern denken."

Das werde ich ihm nicht sagen, dachte der junge Kaplan. Warum soll ich mich mit ihm verfeinden? Er reichte dem Bürgermeister die Hand.

„Also dann", sagte er. „Auf Wiedersehen."

„Ich werde die Angelegenheit im Auge behalten. Sollte sich Hochwürden zu keiner positiven Entscheidung durchringen können, werde ich ihm ein wenig ins Gewissen reden. Ich hab' schon viele Dickschädel überzeugt."

*

Sie schlenderten, von Schmetterlingen umtanzt, von Bienen umsummt, einen Feldweg entlang.

Die Erde war trocken. Es hatte lange nicht geregnet. Zu ihrer Rechten befand sich ein unwegsamer Mischwald. Links reichte ein Maisfeld bis an die Landstraße, auf der sie hergekommen waren. Die Pflanzen waren noch sehr klein.

„Wie geht es deinem Knöchel?" fragte Marion Sutter.

„Tut kaum noch weh", antwortete Bernd Assen, und er humpelte auch nicht mehr.

„Das ist schön."

Wie immer, wenn Bernd mit ihr allein war, war er schrecklich schüchtern und gehemmt. Er wagte sie kaum anzusehen und schon gar nicht zu berühren.

Wenn seine Hand mal ganz zufällig die ihre streifte, zuckte er zusammen, als hätte er sich verbrannt, und manchmal murmelte er eine verlegene Entschuldigung. Er hätte sich am liebsten kräftig geohrfeigt. Wieso war er bei Marion so ein großer Traumichnicht? Bei anderen Mädchen war er zwar auch nicht gerade ein toller Draufgänger gewesen, aber die hatte er sich wenigstens mal zu küssen getraut.

Bei Marion war ihm das unvorstellbar. Er mochte sie sehr, und er wußte nicht, wie sie auf seinen Annäherungsversuch reagiert hätte.

Er wollte sie nicht erschrecken, wollte sie nicht verlieren. Es knisterte zwischen ihnen zwar immer mächtig, aber es funkte nie – und das war seine Schuld. Er wußte es, doch er war nicht imstande, es zu ändern. Wenn Marion ihm doch nur mal ein unmißverständliches Zeichen gegeben hätte. Manchmal glaubte er, sie akzeptierte seine Freundschaft nur, weil er eine Kawasaki hatte.

„Sie liebt dich", hatte kürzlich sein Bruder zu ihm gesagt.

„Glaubst du?" hatte er unsicher erwidert.

Robert hatte gelacht. „Hör mal, das sieht doch ein Blinder!"

„Wieso sehe ich es dann nicht?" hatte Bernd gefragt.

„Weil du noch blinder als blind bist. Nimm sie in die Arme und küsse sie."

„Dann knallt sie mir eine, und ich bin sie los", hatte Bernd ängstlich erwidert.

„Blödsinn, die wartet doch nur darauf, von dir geküßt zu werden. Ich habe für so etwas einen Blick."

„Und was ist, wenn du dich irrst?" hatte Bernd ganz bang gefragt.

„Ich irre mich ganz bestimmt nicht. Wenn du sie nie zu küssen versuchst, wird sie denken, du magst sie nicht besonders, und dann wird sie sich einem andern zuwenden."

Bernd saß ganz schön in der Zwickmühle. Hatte sein Bruder recht? Wartete Marion wirklich darauf, daß er sie küßte?

„Wieso siehst du mich so merkwürdig an?" fragte Marion in diesem Augenblick.

Er erschrak. „Entschuldige."

Marion schmunzelte. „Hundert Mark für deine Gedanken."

„Hundert Mark? Wieso hun ..."

„Woran hast du soeben gedacht?" fragte Marion.

Angst schnürte ihm die Kehle zu, und sein Herz raste wie verrückt. Er hätte nie und nimmer die Wahrheit herausgebracht. „An die Motorradmesse", log er mit krächzender Stimme. „Ich finde, das ist eine phantastische Idee. Was meinst du, was für irre Feuerstühle wir zu sehen kriegen, wenn es tatsächlich zu einer solchen Messe kommt."

„Ich kann mir nicht vorstellen, daß daraus etwas wird."

„Wieso nicht?" fragte Bernd. Sein Herzschlag normalisierte sich allmählich wieder.

„Pfarrer Schmieder ist ein alter Mann", sagte Marion, während ihr Blick über das große Maisfeld wanderte.

„Na und? Wenn ganz Schönwies so eine Motorradmesse haben will, wird er sie uns nicht verwehren."

„Ganz Schönwies." Marion sah Bernd kopfschüttelnd an. „Die Roten Schwestern sind bestimmt nicht damit einverstanden. Die sind ja immer gegen alles. Genau wie

Wally Gerstl. Und die alte Anna Fingerl wird einer Motorradmesse auch nicht zustimmen."

„Die alte Fingerl hat keine eigene Meinung. Sie sagt bloß das, was ihr spinnerter Sohn sagt."

Marion nickte. „Wenn also er gegen eine Motorradmesse ist, ist sie's auch."

„Er wird nicht dagegen sein", sagte Bernd überzeugt.

„Und wieso nicht?"

„Rudi Fingerl hat eine Drogerie", erklärte Bernd. „Er ist Geschäftsmann, kennt sich in vielen Mixturen aus, und die wird er zu einem guten Preis an die vielen Motorradfahrer verscherbeln, die nach Schönwies kommen. Denkst du, der läßt sich ein solches Geschäft entgehen?"

Sie blieben stehen. Jetzt nimm sie, zieh sie zu dir und gib ihr einen Kuß mitten auf den Mund! forderte ihn eine innere Stimme auf, aber er getraute sich nicht.

„Kehren wir um?" fragte Marion.

„Wenn du möchtest."

„Ich denke an deinen Knöchel", sagte Marion sanft.

„Ach, kümmere dich nicht um den."

„Du mußt ihn schonen", meinte Marion fürsorglich.

Er grinste verwegen. „Nur die Harten kommen durch."

„Warum müssen Männer immer Helden spielen?"

„Wir spielen sie nicht, wir sind sie", sagte er, und die verflixte Stimme in ihm lachte ihn schallend aus.

Während der Rückfahrt genoß er Marions Nähe. Himmel, war das schön, wie sie ihn umklammerte, wie sie sich an ihn schmiegte. Er hätte schreien mögen vor Glück.

*

„Eine Motorradmesse? In Schönwies? Das lassen wir nicht zu, da gehen wir auf die Barrikaden!" sagte Sophie Jäger, die Beamtenwitwe mit guter Pension, bissig.

„Auf die Barrikaden! Sehr richtig!" bestätigte Fanny Gressl, ihre Schwester.

Wegen ihrer roten Haare wurden sie die Roten Schwestern genannt, und sie waren im ganzen Ort herzlich unbeliebt, weil sie in alles ihre Nase hineinsteckten und in jeder Suppe ein Haar fanden.

Nichts paßte ihnen, und wenn alle dafür waren – egal wofür –, waren sie dagegen. Aus Prinzip. Man konnte ihnen nachsagen, was man wollte – mit den Wölfen hatten sie noch nie geheult, und sie hielten mit ihrer Meinung auch niemals hinter dem Berg. Sie sagten, was ihnen nicht paßte (es war eine ganze Menge), ohne Rücksicht auf Verluste.

„Man wäre in Schönwies seines Lebens nicht mehr sicher", malte Sophie Jäger eine düstere Zukunftsvision.

„Vandalen und Rowdys würden in unseren schönen Ort einfallen", setzte Fanny Gressl noch eins drauf.

„Überall würden diese bärtigen, langhaarigen Ungeheuer herumlungern und uns auf Schritt und Tritt belästigen", zischte Sophie Jäger.

„Schönwies würde nicht mehr uns gehören", behauptete Fanny Gressl.

Sophie Jäger streckte die Faust hoch und rief kriegerisch: „Schönwies den Schönwiesern!"

„Jawohl!" stimmte Fanny Gressl ihrer Schwester zu.

„Ich bin sicher, diese Motorradmesse ist auf Kaplan Klingmanns Mist gewachsen."

„Auf wessen Mist denn sonst?" sagte Fanny Gressl.

„Wie hast du's eigentlich erfahren?" wollte Sophie Jäger wissen.

„Ich war im Rathaus, wollte mich beim Bürgermeister beschweren, weil ich den Geruch, den die Pizzeria ‚Da Camillo' verbreitet, als aufdringlich und belästigend empfinde ..."

„Sehr richtig", stimmte Sophie Jäger der Schwester sofort zu, und es funkelte böse in ihren verschlagenen Augen. „Das machen die Scarlattis mit Absicht, um Gäste anzulocken." Ihre Miene verfinsterte sich. „Keiner schafft es, mit leerem Magen an dieser Pizzeria vorbeizugehen. Das Wasser läuft einem im Mund zusammen, und man wird vor Hunger fast ohnmächtig, wenn einem dieser penetrante Geruch in die Nase steigt. Ich habe das schon selbst erlebt. Warum hast du nichts gesagt? Ich wäre mit dir zum Bürgermeister gegangen. Dann hätte deine Beschwerde doppeltes Gewicht gehabt."

„Wir reden mit Max Wurzer über dieses Problem, wenn er seine nächste Sprechsunde hat", erwiderte Fanny Gressl.

„Du wolltest also zum Bürgermeister …"

„Aber er hatte Besuch vom Kaplan", sagte Fanny Gressl. „Und da hast du an der Tür gelauscht."

„Gelauscht kann man nicht sagen. Die beiden haben so laut gesprochen, daß ich mein Ohr nicht einmal an die Tür zu legen brauchte, um jedes Wort zu verstehen. Ihr Gespräch hat sich mir förmlich aufgedrängt."

„Wie der Geruch der Pizzeria", sagte Sophie Jäger.

„Genau."

Sophie Jägers Augen verengten sich. „Der Bürgermeister ist natürlich für die Motorradmesse."

„Er war sofort Feuer und Flamme."

„Er wird das Ganze zu einem riesigen Jahrmarkt ausbauen", prophezeite Sophie Jäger. „Ohne Rücksicht auf Verluste."

„Hauptsache der Rubel rollt." Fanny Gressl rümpfte die Nase, als würde etwas ganz entsetzlich stinken.

„Ja, vor allem in seine Tasche", sagte Sophie Jäger giftig.

„Schönwies wird in diesem fürchterlichen Rummel untergehen."

„Aber das ist unserem Herrn Bürgermeister schnurzpiepegal", wetterte Sophie Jäger hitzig.

„Man sollte sich bei der nächsten Wahl daran erinnern", sagte Fanny Gressl hart.

„Ich habe ihn sowieso nicht gewählt", erklärte Sophie Jäger.

„Ich auch nicht."

„Weil ein Mann wie Max Wurzer nicht wählbar ist", behauptete Sophie Jäger.

„Du sagst es."

„Hast du dir schon überlegt, was wir unternehmen könnten?" fragte Sophie Jäger ihre Schwester.

„Erst mal sollten wir in Schönwies Stimmung gegen die Motorradmesse machen."

„Und dann?" fragte Sophie Jäger.

„Dann machen wir Pfarrer Schmieder die Hölle heiß", sagte Fanny Gressl, und es hätte wohl niemanden gewundert, wenn ihr Speichel ätzend wie Schwefelsäure gewesen wäre.

*

Marion Sutter stieg von der Kawasaki. „Danke!"

„Wofür denn?" fragte Bernd Assen. Er spürte noch ihre Umarmung und wie sie sich an ihn geschmiegt hatte. Dieses Mädchen war etwas Besonderes. Wenn er doch bloß nicht so feige gewesen wäre. Sie hatte ihren Sturzhelm abgenommen. Er nahm seinen auch ab. War jetzt vielleicht ein flüchtiger Abschiedskuß drin? Vor dem Haus, in dem sie wohnte? Er stieg ebenfalls von der Maschine.

„Fürs Mitnehmen", sagte Marion.

„Hab' ich doch gern getan. Wenn du möchtest, fahre ich morgen wieder mit dir spazieren."

„Au ja, fein."

Marion strahlte ihn begeistert an.

„Ich – ich bin gern mit dir zusammen, Marion."

„Ich mit dir auch, Bernd", gab sie zu. „Und ich sitze irrsinnig gerne auf einem Motorrad. Das ist 'ne Riesenmacke, ich weiß, und das Verrückteste daran ist, daß ich nicht einmal genau sagen kann, wieso ich auf Motorräder so total abfahre. Es macht mir einfach wahnsinnigen Spaß, auf einer Maschine durch die Gegend zu kurven."

„Denkst du, ich würde es machen, wenn es mir nicht ebenso gut gefiele? Es ist auch für mich ein unbeschreiblich schönes Gefühl, Motorrad zu fahren."

Der Kuß! Der Kuß! drängte ihn seine innere Stimme. Wo bleibt der Kuß? Wenn du sie einmal geküßt hast, ist der Bann gebrochen, dann hast du beim nächstenmal keine Angst mehr und tust es immer wieder.

Er tat einen halben Schritt vor.

„Marion, ich …"

„Ja, Bernd?"

Er beugte sich zu ihr hinunter. „Ich möchte …"

„Ja, Bernd?"

Er sah ihr ganz tief in die wunderschönen graugrünen Augen. „Möchte dich …"

„Ja?"

„Hallo, Bernd." Das war Marions Mutter. Verflucht und zugenäht.

Ein heftiger Ruck ging durch seinen Körper. Es war alles verdorben. „Guten Tag, Frau Sutter!" grüßte er mit unterdrückter Enttäuschung die Frau, die aus dem Fenster schaute.

„Komm doch rein!" Marions Mutter machte eine einladende Handbewegung.

„Nein", gab er verwirrt zurück, „ich … ich hab' noch was Wichtiges zu erledigen." Ihm war jetzt nicht danach, den braven Jungen zu spielen und mit Frau Sutter über belangloses Zeug zu reden.

„Also dann bis morgen", sagte Marion.

„Ja, bis morgen."

„Ich freue mich", sagte Marion.

„Ich mich auch", erwiderte Bernd und winkte Marions Mutter. „Auf Wiedersehen, Frau Sutter."

„Auf Wiedersehen, Bernd."

Er stieg auf, startete den Motor und brauste davon.

Tags darauf kam Robert in sein Zimmer. „Telefon für dich", sagte der Bruder.

Bernd nahm die Kopfhörer ab und setzte sich auf. Er hatte auf dem Bett gelegen und sich die neue CD von Rod Stewart angehört. „Was hast du gesagt?"

„Telefon."

„Wer ist es?" wollte Bernd wissen.

„Marion."

Bernd flitzte hoch.

„Hast du sie endlich mal geküßt?" fragte Robert.

„Was geht das dich an?" schnappte Bernd ärgerlich.

Robert schüttelte den Kopf. „Mensch, wie lange willst du damit denn noch warten? Bis sie dir wegläuft?"

Bernd eilte an seinem Bruder vorbei und die Treppe hinunter. Im Erdgeschoß des mittelgroßen Einfamilienhauses hätte er beinahe seinen Vater umgerannt.

„Immer schön langsam mit den wilden Pferden", meinte Herr Assen und lächelte.

„Entschuldige, Vater." Bernd stürzte sich auf den Telefonhörer, der neben dem Apparat auf einer Eichenkommode lag. „Hallo? Hallo, Marion!"

„Wie geht es dir?" fragte Marion gepreßt. Irgend etwas schien ihr schwer auf der Seele zu lasten.

„Gut", antwortete Bernd. „Sehr gut. In einer halben Stunde bin ich bei dir."

„Du, nein ..."

„Nein?" Bernd lief es eiskalt über den Rücken. Sie hatte nein gesagt.

„Ich muß dir eine betrübliche Mitteilung machen", sagte Marion.

Ihm fielen die Worte seines Bruders ein. „Mensch, wie lange willst du damit denn noch warten? Bis sie dir wegläuft?" War Marion im Begriff, ihm wegzulaufen?

„Eine betrübliche Mitteilung?" krächzte Bernd.

„Ja, es wird leider nichts aus unserer Spazierfahrt."

Sie hat einen andern, einen, der sich mehr traut, dachte Bernd unglücklich, und er hätte sich am liebsten den Telefonhörer an den Schädel geknallt.

„Du ... du hast keine Zeit für mich?" stammelte er.

„Tut mir leid."

Selber schuld! sagte die verflixte Stimme in ihm. Wer nicht hören will, muß fühlen. Und wer so feige ist wie du, der gehört endlich mal bestraft.

„Aber wir hatten doch abgemacht ... Wir wollten doch ... Du fährst doch so gerne auf meiner Kawasaki mit."

„Es ist etwas dazwischengekommen", sagte Marion.

Jetzt kommt eine fadenscheinige Ausrede, dachte Bernd verzweifelt. Eine dicke Lüge. O bitte, bitte, Marion, belüg mich wenigstens nicht. Das habe ich nicht verdient. Sag mir die Wahrheit, egal, wie weh sie tut.

„Ich muß mit meiner Mutter nach Freiburg fahren", sagte Marion.

Ist das die Wahrheit? hallte es in Bernds Kopf.

„Ihre Schwester, meine Tante, hat ein Baby bekommen", sagte Marion.

Warum sollte sie so etwas erfinden? dachte Bernd.

„Es war eine schwere Geburt", sagte Marion. „Meine Tante muß sich jetzt schonen. Sie hat eine Boutique. Meine Mutter wird sie da vertreten, weil ausgerechnet jetzt die einzige Verkäuferin krank wurde. Und ich – ich werde mich um meine Tante und um das süße kleine Baby kümmern."

Das ist keine Lüge, dachte Bernd überglücklich. Gott, soll sie doch zu ihrer Tante und zu dem süßen kleinen Baby fahren. Warum denn nicht? Sie wird ja wiederkommen, und dann werde ich – vielleicht, hoffentlich – endlich den Mut aufbringen, ihr zu zeigen, wie schrecklich gern ich sie habe.

„Nach Freiburg mußt du – na ja …", sagte er unbeholfen. „Wenn's weiter nichts ist."

„Du bist mir nicht böse, weil ich dich versetzen muß?"

„Überhaupt nicht." Böse. So ein Unsinn. Er hätte vor Freude am liebsten Purzelbäume geschlagen.

„Ich wäre so gerne mit dir auf der Kawasaki ..."

„Aufgeschoben ist nicht aufgehoben", tröstete Bernd sie. „Wir holen alles nach. Die Tante und ihr süßes kleines Baby sind erst mal wichtiger. Wie lange wirst du in Freiburg bleiben?"

„Das weiß ich noch nicht. Ein paar Tage. Das hängt davon ab, wie rasch meine Tante zu Kräften kommt. Und wie schnell die Verkäuferin wieder gesund wird."

„Ich freue mich auf unser Wiedersehen", sagte Bernd.

„Wirst du heute ohne mich spazierenfahren?" fragte Marion so leise, daß er sie kaum verstehen konnte.

„Nein, ohne dich macht es mir keinen Spaß", antwortete Bernd – nicht nur, um ihr eine Freude zu machen. „Sieh zu, daß du bald nach Schönwies zurückkommst, denn du wirst hier sehnsüchtig erwartet."

*

Der Friedhof von Schönwies lag hinter der Kirche. Anna Fingerl legte Blumen auf das Grab ihres Mannes, zündete eine Kerze an und faltete die alten, runzeligen Hände zum Gebet.

Als sie Schritte vernahm, hob sie den Kopf und erblickte Paul Schmieder. Der mittelgroße, untersetzte Geistliche in der Soutane kam zu ihr.

„Grüß Gott, Hochwürden", sagte die unscheinbare Frau.

„Grüß Gott."

„'s ist heute der Sterbetag von meinem Mann – Gott hab ihn selig", sagte Anna Fingerl.

Am anderen Ende des Friedhofs arbeitete Xaver Gabler, der Totengräber, trotz seiner sechzig Jahre noch ein zäher, kräftiger Mann.

„Aha!" Pfarrer Schmieder nickte. „Deshalb die schönen Blumen."

Gabler – von vielen im Ort scherzhaft „Grabler" genannt – schwang seine Spitzhacke.

Anna Fingerl zeigte mit dem Finger nach oben. „Damit er sieht, daß ich an ihn denke, wenn er runterschaut." Sie seufzte. „Nun wird's ja nicht mehr lange dauern, bis wir uns wiedersehen."

Paul Schmieder wiegte mahnend den Kopf. „Aber, aber."

Xaver Gabler nahm den Spaten zur Hand.

„Na ja, Mitte Siebzig bin ich schon", sagte Anna Fingerl zu Pfarrer Schmieder.

„Das ist doch noch kein Alter", erwiderte der Geistliche.

Der Totengräber warf dicke Erdklumpen auf die Seite.

„Jeden Morgen tut mir was anderes weh, wenn ich aufwache", klagte Anna Fingerl.

„So geht es jedem älteren Menschen", entgegnete Paul Schmieder.

Gabler arbeitete mit finsterer Miene.

„Eines Morgens werde ich aufwachen und feststellen, daß ich bei meinem Mann im Himmel bin", sagte Anna Fingerl.

„Wenn Sie sich so schlecht fühlen, sollten Sie mal zum Doktor gehen", riet der Geistliche ihr.

Xaver Gabler mache eine Pause. Er richtete sich auf und wischte sich den Schweiß vom Gesicht.

„Oh", sagte die unscheinbare Anna Fingerl. „Doktor Ackermann ist davon überzeugt, daß ich hundert werde."

„Na also."

„Ich bin sicher, er irrt sich", sagte die alte Frau.

Gabler setzte eine Flasche an und trank. Das war bestimmt nicht Wasser.

„Haben Sie es denn so eilig, Ihren Mann wiederzusehen?" fragte Pfarrer Schmieder.

„Nein, eigentlich nicht", antwortete Anna Fingerl. „Sie dürfen mich nicht falsch verstehen, Herr Pfarrer. Ich habe meinen Mann sehr gern gehabt, aber zu reden – zu reden hatte ich bei ihm leider nicht viel. Und das wäre im Himmel bestimmt nicht anders. Mein Mann war ein sehr willensstarker Mensch. Der wollte keinen neben sich aufkommen lassen." Sie lächelte mit dünnen Lippen. „Aber was erzähle ich Ihnen das? Sie haben ihn ja gekannt."

„Er war aufrecht, rechtschaffen und ehrlich. Ich habe ihn sehr gemocht", sagte Pfarrer Schmieder, wünschte der alten Frau einen schönen Tag und ging weiter.

Der Totengräber ließ die Flasche schnell verschwinden, als er den Geistlichen näher kommen sah. Er versteckte sie zwischen zwei Grabsteinen, um sich von Hochwürden keine Privatpredigt anhören zu müssen, und griff wieder nach dem Spaten. Er jammerte über sein ausgeleiertes Kreuz und wirkte ziemlich lustlos. Normalerweise war Xaver Gabler ein gutmütiger, verschmitzter Mann, mit dem Paul Schmieder sich prima unterhalten konnte. Heute jedoch schien der Totengräber keine große Lust zu haben, mit jemandem zu reden. Er war sehr einsilbig.

„Bedrückt Sie irgend etwas?" erkundigte sich der Priester.

Gabler senkte den Blick. „Nein."

„Sie sehen aus, als hätten Sie ein Problem."

„Es ist alles in Ordnung." Xaver Gabler verbiß sich in seine Arbeit. Knirschend fuhr das Spatenblatt in den Boden.

„Die Erde scheint an dieser Stelle besonders hart zu sein", bemerkte Paul Schmieder.

„Ich schaff' das schon."

„Vielleicht sollten Sie später weitergraben, wenn die Sonne etwas tiefer steht", sagte der Geistliche.

„Mich stört die Sonne nicht." Der Totengräber warf Erde auf den kleinen Haufen zu seiner Rechten.

„Wenn Sie mit mir reden möchten – ich bin im Pfarrhaus."

„Ja, ja", brummte Xaver Gabler und arbeitete weiter, als gäbe es für ihn nichts Wichtigeres auf der Welt. Paul Schmieder war ziemlich sicher, daß Gabler sich heute nicht im Pfarrhaus würde blicken lassen.

„Irgend etwas stimmt mit dem Gabler nicht", sagte er wenig später zu Erika Maus.

„Ist er krank?" fragte die Haushälterin.

„Nein", antwortete Paul Schmieder, „krank ist er nicht – jedenfalls nicht körperlich."

„Eine seelische Sache?"

Der Pfarrer hob die Schultern. „Möglicherweise."

„Kann ich mir bei Xaver Gabler gar nicht vorstellen", sagte Frau Maus verwundert.

Paul Schmieder holte die Pfeife hervor.

Seine Haushälterin warf ihm einen mißbilligenden Blick zu. „Konnten Sie die nicht draußen rauchen – wenn es schon unbedingt sein muß?"

„Was heißt, wenn es schon unbedingt sein muß?" brummte Pfarrer Schmieder. „Auf meine geliebte Pfeife werde ich nicht verzichten."

„Weil Sie ein willensschwacher Mensch sind. Ich habe keine solchen Laster."

Der Geistliche schmunzelte. „Nein, Erika, du bist eine Heilige."

„Mich haben Sie noch nie mit einer Pfeife im Mund gesehen."

„Stimmt", gab Pfarrer Schmieder grinsend zu, „würde ich aber gern mal." Er ging hinaus. Auf dem Weg in den Pfarrhausgarten traf er mit Kaplan Klingmann zusammen.

„Ich habe mir die ganze Sache noch mal durch den Kopf gehen lassen", sagte Jürgen Klingmann.

„Welche Sache?" fragte Paul Schmieder.

„Na, das mit der Motorradmesse."

„Ach ja, darüber habe ich auch nachgedacht", antwortete der Pfarrer.

„Ich glaube, Sie haben recht", sagte der Kaplan.

„Womit?"

„So eine Messe scheint mir doch keine so gute Idee zu sein", erklärte Kaplan Klingmann.

Paul Schmieder sah ihn überrascht an. „Auf einmal? Sie sind doch so vehement dafür eingetreten."

„Na ja! Und dann habe ich eben nachgedacht."

„Und nun wollen Sie einen Rückzieher machen", sagte der Priester.

„Ich würde es nicht unbedingt einen Rückzieher nennen."

„Jetzt, wo ich gerade angefangen habe, mich für Ihren Vorschlag zu erwärmen", sagte der Geistliche.

Nun staunte Jürgen Klingmann. „Wie bitte?"

„Ja, ich meine, Sie haben etwas sehr Richtiges gesagt, als Sie erklärten, die Kirche müsse für alle dasein, und ich kann mir so eine Motorradmesse inzwischen sehr gut vorstellen."

„Tatsächlich?" stieß Kaplan Klingmann perplex hervor.

„Haben Sie eigentlich schon mit Ihrer Umfrage begonnen?" wollte Pfarrer Schmieder wissen.

„Na ja, ich habe mit ein paar Leuten gesprochen."

„Wie haben die Ihre Idee aufgenommen?" erkundigte sich der Geistliche.

„Positiv."

Paul Schmieder nickte. „Sehen Sie, deshalb habe ich mich entschlossen, nicht gegen den Strom zu schwimmen."

„Ehrlich gesagt, der Enthusiasmus unseres Bürgermeisters hat meine eigene Begeisterung erheblich gedämpft."

„Warum denn das?" fragte Pfarrer Schmieder. „Es ist doch zu begrüßen ‚wenn die Gemeinde unser Vorhaben unterstützt."

„Sie wissen nicht, wozu Max Wurzer die Motorradmesse nutzen möchte."

„Ich kann es mir vorstellen", sagte der Geistliche gelassen.

„Und das stört Sie nicht?"

Paul Schmieder lächelte verschmitzt.

„Wenn wir ihm von Anfang an auf die Finger sehen, kann er's nicht übertreiben." Er ging in den Garten und zündete sich endlich seine Pfeife an, und kurz nachdem er sie geraucht hatte, rief Erika Maus ihn ins Haus, weil ihn die Roten Schwestern sprechen wollten.

*

„Meine Schwester und ich und halb Schönwies sind gegen diese Motorradmesse, Hochwürden", sagte Sophie Jäger in scharfem Kasernenhofton.

Sie hätte wissen müssen, daß man so überhaupt nichts bei Paul Schmieder erreichte.

„So eine hirnrissige Idee kann auch nur Ihrem Kaplan einfallen", schlug Fanny Gressl in dieselbe Kerbe.

„Oh, ich halte diese Idee gar nicht für so hirnrissig", entgegnete Paul Schmieder.

Sophie Jäger sah ihn entgeistert an. „Ich höre wohl nicht recht. Sie haben doch nicht etwa vor, den verrückten Einfall des Kaplans zu verwirklichen."

„Was haben Sie gegen eine heilige Messe?" fragte Pfarrer Schmieder lächelnd.

„Wir haben eine wunderschöne Barockkirche", erklärte Fanny Gressl. „Sie brauchen keine Messe unter freiem Himmel abzuhalten wie ein obdachloser Priester."

„Es ist Gottes Himmel, unter dem wir feiern", sagte der Geistliche ruhig. Vielleicht hatte er bis vor kurzem noch leicht geschwankt, doch nun stand es für ihn fest: Er würde diese Motorradmesse abhalten. Allein schon deshalb, weil er sich von den Roten Schwestern nicht vorschreiben lassen wollte, was er tun und was er lassen sollte.

„Mit welchen Leuten denn?" fragte Sophie Jäger abschätzig.

„Gott macht da keinen Unterschied", entgegnete Paul Schmieder. „Ihm ist jeder recht, der zu Ihm kommen möchte."

„Dieses ganze nichtsnutzige Lumpenpack auf zwei Rädern", sagte Fanny Gressl voller Verachtung, „verlottert, verludert und vergammelt ... Ich kann nicht glauben, daß Gott zwischen solchen Leuten und uns nicht unterscheidet."

„Die meisten dieser Motorradfans sind mehr wert also manch anderer", gab Paul Schmieder trocken zurück.

„Wen meinen Sie mit 'so manch anderer, Herr Pfarrer?" wollte Sophie Jäger wissen.

„Etwa uns?" fragte Fanny Gressl.

Paul Schmieder lächelt entwaffnend. „Fühlen Sie sich etwa betroffen?"

„Sie sollten es sich gut überlegen, ob es sinnvoll ist, es sich wegen einer solchen wilden Horde, der außer ihrem stinkenden Motorrad nichts heilig ist, mit der ganzen Gemeinde zu verscherzen", fauchte Sophie Jäger.

„Mit der ganzen Gemeinde wohl kaum", entgegnete Pfarrer Schmieder gleichmütig. „Höchstens mit ein paar selbstsüchtigen, engstirnigen und starrköpfigen Leuten, die nicht wahrhaben wollen, daß sie nicht der Nabel der Welt sind."

Sophie Jäger japste nach Luft. „Das ... das müssen wir uns nicht gefallen lassen."

Fanny Gressl sprang empört auf. „Sie haben kein Recht, uns zu beleidigen."

Paul Schmieder hob die Hände. „Ich habe keine Namen genannt."

Sophie Jäger stand ebenfalls auf. „Wir sind nicht auf den Kopf gefallen, Hochwürden. Wir wissen, auf wen, das gemünzt war. Komm, Fanny, wir gehen."

Sie stampften erbost aus dem Raum und murmelten so etwas wie: Da sollte man sich doch mal einen Austritt aus „so einer Kirche" überlegen.

Pfarrer Schmieder strich sich über das dichte graue Haar und brummte herzhaft: „Heiliger Strohsack!"

*

Paul Schmieder ging zu Bett und ließ die Ereignisse des Tages noch einmal Revue passieren. Schönwies hatte sich größtenteils zur Ruhe begeben. Nur drüben in der Diskothek „Rainbow" ging es mit Sicherheit noch hoch her, aber das war im Pfarrhaus nicht zu hören.

Pfarrer Schmieder wiegte lächelnd den Kopf, als ihm der Auftritt der Roten Schwestern einfiel. Wann waren die schon mal mit irgend etwas einverstanden gewesen?

Und das mit dem Kirchenaustritt – das mußte man nicht weiter ernst nehmen. Zu einem solchen Schritt würden sich die Roten Schwestern niemals entschließen.

Der Geistliche boxte sein Kopfkissen zurecht und löschte das Licht.

„Herr Pfarrer! Herr Pfarrer!" kam es gedämpft durch die Tür.

Paul Schmieder griff nach dem Lichtschalter.

Klopfen. „Herr Pfarrer!"

„Ja?" Der Geistliche stand auf und schlüpfte in seinen Schlafrock. Vor seiner Tür stand Erika Maus, ein nervöses Flackern in den Augen. Sie hatte ihren Morgenrock übergeworfen, und ihr braunes Haar war nicht mehr hochgesteckt. „Was gibt's denn?" fragte Paul Schmieder.

„Haben Sie nichts gehört?"

Der Priester schüttelte den Kopf. „Was gehört?"

„Ein Geräusch. Unten. An der Haustür. Mir war so, als wollte jemand herein."

„Wo ist Kaplan Klingmann?" fragte der Pfarrer.

„Nicht zu Hause."

„Vielleicht ist er es ..."

„Er hat doch einen Schlüssel", sagte Erika Maus.

„Er kann ihn verloren haben."

„Dann würde er läuten", erwiderte Frau Maus.

„Vielleicht denkt er, wir würden schon schlafen, und will uns nicht wecken", meinte der Geistliche.

„Wir sollten mal nachsehen, wer ... Aber alleine getraue ich mich nicht."

„Du bleibst hier", sagte Paul Schmieder. „Du rührst dich nicht von der Stelle. Ich sehe nach."

„Aber seien Sie vorsichtig." Erika Maus ballte die Hände zu Fäusten.

„Einem Priester tut man nichts."

„Darauf würde ich mich nicht verlassen", stieß die Haushälterin heiser hervor.

Der Pfarrer entfernte sich. Als er die Haustür fast erreicht hatte, vernahm er ein dumpfes Poltern. Erschrokken blieb er stehen.

Jetzt war ein Knurren und Grunzen zu hören. Ein Tier? War irgendeinem Bauern ein Schwein ausgerissen? Paul Schmieder ging weiter.

Er schloß die Tür auf, und als er sie öffnete, fiel ein Körper gegen seine Beine. Der Geistliche drehte sich halb um und gab Entwarnung.

„Es ist der Totengräber!" rief er, damit Erika Maus sich nicht mehr fürchtete.

Xaver Gabler stierte ihn mit glasigen Augen an. „Hochwürden", lallte er mit schwerer Zunge.

Frau Maus kam zu ihnen. „Was ist mit ihm?"

„Er ist betrunken."

Jetzt roch sie die gewaltige Fahne des Totengräbers und schüttelte verständnislos den Kopf. „Herr Gabler! Wie kann man sich nur so schwer betrinken?"

„Nicht böse sein, Frau Maus", sagte Gabler mit baumelndem Kopf.

„Können Sie überhaupt noch stehen?" fragte die Haushälterin.

„Ich weiß es nicht. Ich hab's in der letzten Viertelstunde nicht mehr versucht."

Paul Schmieder half dem Totengräber auf die Beine. „Erika hat recht. So sinnlos muß man sich wirklich nicht betrinken. Was ist denn los mit Ihnen?"

„Nicht schimpfen, Hochwürden", bat Xaver Gabler. „Ich habe allen Grund zum Feiern."

„So? Was feiern Sie denn?" wollte Pfarrer Schmieder wissen.

„Möchten Sie es wissen? Möchten Sie es wirklich wissen?"

Der Geistliche wandte sich an seine Haushälterin. „Koch starken Kaffee für ihn, Erika. Einen, der Tote aufweckt."

„Tote aufwecken – ja, das wär' was, wenn man das könnte …", lallte der Totengräber. „Aber nach Jesus Christus hat das meines Wissens keiner mehr geschafft."

Paul Schmieder schleppte ihn in die Küche, ließ ihn auf einen Stuhl sinken und setzte sich zu ihm. „Sie waren heute nachmittag schon so komisch", sagte er.

„Komisch. Ja, das bin ich. Und ich habe einen komischen Beruf. Keinen alltäglichen Beruf. Soll ich Ihnen was sagen, Hochwürden? Manche Menschen haben Angst vor mir." Er lachte verbittert. „Vor mir!" Er lachte noch einmal. „Können Sie sich das vorstellen? Ich kann keiner Fliege was zuleide tun, aber die Leute fürchten sich vor mir. Es ist mein Beruf, vor dem sie Angst haben. Manche Menschen behaupten, mir würde der Geruch des Todes anhaften. Der Geruch des Todes. Vielleicht riechen sie ihn wirklich. Da kann man sich noch so gut waschen und mit einer harten Bürste abschrubben, der Geruch bleibt. Er sitzt tief in den Poren und ist nicht mehr wegzukriegen. Nicht nach so langer Zeit. Nicht nach so vielen Leichen, die ich schon begraben habe."

Erika Maus wartete ungeduldig mit dem Kaffee.

Xaver Gabler lachte, aber es war ein unglückliches Lachen. Und er weinte auch gleich darauf.

„Mein Gott, ist der arme Mann fertig", sagte die Haushälterin betroffen.

„Fertig! Fertig", murmelte der Totengräber. „Fix und fertig. Ich kann nicht mehr. Ich will nicht mehr. Es belastet mich zu sehr. Ich halte das nicht mehr aus." Tränen rannen ihm über die Wangen. „Wissen Sie, wie viele Gräber ich in meinem Leben schon geschaufelt habe,

Hochwürden? Ich habe nachgerechnet. Was denken Sie, beim wievielten Grab ich heute angelangt bin? Soll ich es Ihnen sagen? Sie werden es nicht glauben. Dreihundert Gräber habe ich schon geschaufelt. Dreihundert!" Er schlug sich mit der flachen Hand auf die Stirn. „Ist das nicht erschreckend? Dreihundert Gräber – für Menschen; die ich alle gekannt habe. Mit einigen war ich sogar befreundet. Freunde, Bekannte, Nachbarn ... Ich habe sie alle unter die Erde gebracht. Dreihundert Gräber! So etwas muß man doch feiern."

Endlich war der Kaffee fertig. Frau Maus goß ihn in eine Tasse. „Milch?" fragte sie.

„Keine Milch", sagte Pfarrer Schmieder.

„Aber jetzt ist Schluß damit", lallte Xaver Gabler.

„Ja, ja, schon gut", sage Paul Schmieder.

„Ich begrabe keine Toten mehr", kam es undeutlich über Gablers feuchte Lippen.

„Trinken Sie", befahl ihm der Geistliche.

„Keine Toten mehr. Dreihundert Leichen sind genug", brabbelte Xaver Gabler.

„Trinken Sie", wiederholte Pfarrer Schmieder. Er flößte ihm den heißen, starken Kaffee schluckweise ein.

Gabler sah die Haushälterin und den Pfarrer traurig an. „Es tut mir leid. Ich hätte Sie beide nicht damit behelligen sollen. Das sind meine Probleme, nur meine, die gehen niemanden etwas an, und sie interessieren auch keinen."

„Das ist ein Irrtum", widersprach Paul Schmieder dem Totengräber. „Ihre Probleme interessieren uns sehr wohl, und es war völlig richtig, damit zu uns zu kommen. Es hätte mich nur gefreut, wenn Sie etwas früher gekommen wären – bevor Sie so sturzbetrunken waren."

„Ich möchte nach Hause." Gabler schaffte es, allein aufzustehen, aber stehen bleiben konnte er nicht. Schwer plumpste er wieder auf den Küchenstuhl zurück. „So ein Mist!" schimpfte er.

„Er könnte im Wohnzimmer auf dem Sofa schlafen", sagte Erika Maus.

Pfarrer Schmieder schüttelte den Kopf. „Das ist zu unbequem."

„Wieso? Wenn ich …"

„Macht euch doch wegen eines besoffenen Totengräbers keine Umstände", sagte Xaver Gabler und kämpfte sich wieder hoch. Diesmal blieb er schwankend stehen. „Seht ihr, ich bin wieder auf den Beinen. Nichts für ungut, Leute. Tut mir leid, eure Nachtruhe gestört zu haben. Ich mach's wieder gut, wenn ich nüchtern bin."

Er wollte gehen, wäre aber bereits beim ersten Schritt lang hingeschlagen, wenn der Geistliche und seine Haushälterin ihn nicht blitzschnell gestützt hätten.

„Ich bringe ihn nach Hause", sagte Pfarrer Schmieder zu Erika Maus.

„Nein", wehrte Gabler ab. „Sie haben doch schon Ihre Soutane ausgezogen."

„Na und? Dann ziehe ich sie eben wieder an."

Es bedurfte nur eines sanften Drucks, schon saß Xaver Gabler wieder auf dem Küchenstuhl. „Ich werde mir nie verzeihen, was ich Ihnen beiden heute antue", jammerte der Totengräber.

„Gib auf ihn acht, Erika", sagte Paul Schmieder. „Ich zieh' mich rasch um, bin gleich wieder da." Er eilte aus der Küche.

„Ich schäme mich", lallte Xaver Gabler. „Ich getraue mich nicht mehr, euch unter die Augen zu kommen. Es wäre wohl das beste, wenn ich mich selber eingraben würde."

„Reden Sie nicht solchen Blödsinn daher", sagte die Pfarrhaushälterin streng. „Versündigen Sie sich nicht."

Als Pfarrer Schmieder wiederkam, trug er wieder seine schwarze Soutane. „So, mein Freund." Er klatschte in die Hände und rieb die Handflächen aneinander. „Auf geht's." Er packte den Totengräber fest an, zog ihn hoch, legte sich seinen linken Arm über die Schultern und sagte: „Gehen wir."

„Hochwürden", lallte der Totengräber. „Was Sie für mich tun …"

„Ein guter Hirte ist jederzeit für seine Schäfchen da", fiel Pfarrer Schmieder ihm ins Wort. „Und natürlich auch für die Schafe."

„Ja, Herr Pfarrer, Sie haben recht. Vergessen Sie, was ich alles geblökt habe."

Sie verließen das Pfarrhaus. Erika Maus schloß hinter ihnen die Tür. Sie gingen die menschenleere Martinstraße hinunter. Der Pfarrer und Xaver Gabler waren Nachbarn. Das Totengräberhäusel stand gleich hinter dem Pfarrhausgarten, gegenüber vom Tierarzt. Sie brauchten nicht weit zu gehen, und sie wären viel eher dagewesen, wenn Gabler nicht fortwährend stehengeblieben wäre, um sich zu entschuldigen. Pfarrer Schmieder brachte den Totengräber zu Bett.

„Ich bin ein Schaf", murmelte Gabler. „Ein blödes, blökendes Schaf. Sie sind arm dran mit einem Nachbarn wie mir, Hochwürden."

„Ich sehe morgen nach Ihnen."

Gabler schüttelte mühsam den Kopf. „Lieber nicht."

„Warum nicht?"

„Ich werde mich in Grund und Boden schämen", jammerte der Totengräber.

„Gute Nacht", sagte der Geistliche.

„Gute ..." Xaver Gabler fielen die Augen zu, und er begann laut zu schnarchen.

Am nächsten Morgen klopfte Paul Schmieder an Gablers Haustür. Er hatte Kaffee, belegte Brote und Kuchen von Erika Maus bei sich, denn nach dem kapitalen Absturz von gestern nacht brauchte der Mann ein ordentliches Frühstück, das er sich selbst höchstwahrscheinlich nicht gemacht hätte.

Gabler öffnete. „Ach, Sie sind es, Hochwürden."

„Haben Sie jemand anderen erwartet?" fragte der Geistliche schmunzelnd.

Der Totengräber kratzte sich am Hinterkopf. Sein Haar war zerzaust. „Nein", antwortete er.

„Wie geht es Ihnen?" fragte Paul Schmieder.

„Besch...eiden."

„Schon gefrühstückt?" Der Priester hielt die Thermoskanne und einen rechteckigen Plastikbehälter hoch.

Xaver Gabler kräuselte die Nase. „Ich glaube nicht, daß mein Magen schon Lust auf Arbeit hat."

„Ich würde es mal versuchen."

„Und wenn er streikt und alles wieder hochschickt?" ächzte Gabler, der sehr mitgenommen aussah.

Paul Schmieder schüttelte lächelnd den Kopf. „Ich glaube nicht, daß er so unfreundlich sein wird."

Gabler gab die Tür frei. „Kommen Sie herein." Er schlurfte in braunen Lederpantoffeln ins Wohnzimmer. „Ich habe einen Kopf so groß wie ein Fesselballon."

„Das ist die Strafe für Ihre Unvernunft", erwiderte Paul Schmieder. „Aber keine Sorge, ich bin nicht gekommen, um Ihnen die Leviten zu lesen."

„Ich muß mich gestern benommen haben wie – wie ein ..."

„Setzen Sie sich. Ich hole Ihnen eine Tasse aus der Küche."

Der Appetit kam mit dem Essen, und Gabler vertrug das Frühstück sehr gut. Hinterher lobte er den guten Kuchen von Frau Maus.

„Es wird Erika freuen, zu hören, daß er Ihnen geschmeckt hat", sagte Paul Schmieder. „Wie haben Sie geschlafen?"

„Wie ein Toter." Gabler erschrak. Das hatte er wohl nicht sagen wollen, wo er doch von Toten so genug hatte. Er schwieg eine Weile betreten. Dann meinte er zerknirscht: „Es ist nicht richtig, so viel zu trinken. Ich weiß gar nicht mehr, was ich letzte Nacht alles gesagt habe. Ich muß viel Stuß geredet haben."

„War nicht so schlimm", erwiderte Paul Schmieder tolerant.

„Alkohol löst keine Probleme. Ich weiß das, aber gestern ... Dreihundert Gräber. Dreihundert!" Der Totengräber seufzte schwer.

„Wollen Sie wirklich aufhören?"

„Ich muß. Ich kann nicht mehr. Es belastet mich zu sehr", antwortete Xaver Gabler mit belegter Stimme.

„Und wer soll Ihre Arbeit übernehmen?"

Gabler zuckte die Achseln. „Ich weiß es nicht."

„Haben Sie wirklich Schuldgefühle, weil Sie dreihundert Menschen unter die Erde gebracht haben?"

„Unter die Erde gebracht …", wiederholte der Totengräber dumpf.

„Das waren gestern Ihre Worte", sagte Pfarrer Schmieder.

Gabler starrte auf den alten Tisch. „Unter die Erde gebracht – ja, das habe ich sie."

„Und das bedrückt Sie."

Xaver Gabler nickte fest. „Sehr."

„Obwohl Sie ihnen damit einen allerletzten Dienst erwiesen haben", sagte der Geistliche. „In unserem Kulturkreis werden die Toten nun einmal begraben, und irgend jemand muß das tun. Sie sollten stolz darauf sein, daß Sie dazu ausersehen waren, für Ihre Freunde, Bekannte und Nachbarn nach einem langen gemeinsamen Weg noch etwas tun zu dürfen. Das sollte Sie mit Freude und Genugtuung erfüllen. Dreihundert Tote. Das ist gewiß eine erschreckende Zahl. Aber man muß auch berücksichtigen, in welchem Zeitraum diese Menschen heimgegangen sind. Sie haben sie beerdigt. Und ich habe sie eingesegnet. Ich war bei jedem einzelnen dabei, habe mich von ihnen verabschiedet, habe für sie gebetet. Auch für mich waren es dreihundert Tote. Auch für mich war es nicht immer leicht, mich damit abzufinden, daß sie nicht mehr da sind, daß ihre Seelen eingegangen sind in eine bessere Welt, in das Reich Gottes. Dreihundert Tote – aber ich habe nie gesagt, ich mag nicht mehr. Der Herr hat jedem von uns eine Aufgabe gegeben, und ich meine, es steht uns nicht zu, uns davor zu drücken. Was soll mit den Toten geschehen, wenn Sie sie nicht mehr beerdigen?"

Xaver Gabler wurde sehr schweigsam. Er versank in dumpfes Brüten.

„Darf ich Sie bitten, darüber einmal nachzudenken?" sagte Pfarrer Schmieder.

*

„Der Kaplan ist also übergeschnappt und hat den Herrn Pfarrer mit seiner Verrücktheit angesteckt", faßte die Bäckerin Wally Gerstl zusammen, was sie soeben von den Roten Schwestern erfahren hatte.

„Der Kaplan ist ein junger Mensch, in dessen Wortschatz Einsicht, Weitblick und Rücksichtnahme noch nicht vorkommen", sagte Sophie Jäger. „Aber daß Pfarrer Schmieder auch für diese Motorradmesse ist, finde ich schlichtweg skandalös."

Walburga Gerstls Miene nahm einen feindseligen Ausdruck an. „Er kann doch nicht über unsere Köpfe hinweg bestimmen und ..."

„Er kann – und er wird es tun", sagte Sophie Jäger frostig.

„Man muß es ihm verbieten", sagte Wally Gerstl.

„Absetzen müßte man ihn", meinte Fanny Gressl.

„Schönwies ohne Pfarrer, das geht doch nicht", sagte die Bäckerin.

„Auf so einen Pfarrer kann Schönwies verzichten", meinte Fanny Gressl kriegerisch.

„Wie soll man Paul Schmieder denn absetzen?" fragte Wally Gerstl.

„Man müßte einen Brief an den Bischof schreiben", meinte Sophie Jäger.

„Anonym", sagte Fanny Gressl mit erhobenem Zeigefinger.

„Oder an den Papst", sage Sophie Jäger.

Ihre Schwester nickte zustimmend. „Wenn Rom erfährt, wie selbstherrlich unser Pfarrer seine Entscheidungen gegen unseren Willen trifft, ist er erledigt."

„Wir schicken also einen Brief nach Rom", sagte die Bäckerin.

„Einen Beschwerdebrief", setzte Sophie Jäger hinzu.

„Einen anonymen." Wieder hob Fanny Gressl den Zeigefinger, denn das war ihr wichtig.

„Ob der Papst auf einen anonymen Brief reagieren wird?" fragte Wally Gerstl.

„Kommt ganz auf den Inhalt an", meinte Sophie Jäger.

Fanny Gressl hatte einen genialen Einfall. „Wir sollten eine Unterschriftenliste beilegen, damit der Heilige Vater sieht, wie viele Bewohner von Schönwies sich vom Herrn Pfarrer vor den Kopf gestoßen und übergangen fühlen."

„Eine Unterschriftenliste", sagte Wally Gerstl. „Keine schlechte Idee."

„Wir legen sie hier auf", sagte Sophie Jäger.

Plötzlich war Fanny Gressls Idee nicht mehr so gut. „Bei uns?" fragte die Bäckerin gepreßt.

„Hier gehen viele Leute ein und aus", erklärte Sophie Jäger.

Walburga Gerstl wand sich. „Ja, aber … Eine Unterschriftenaktion gegen den Herrn Pfarrer … in unserem Laden … Mein Mann ist zwar sehr gutmütig, aber das würde er nicht dulden. Wer wird den Brief an den Papst überhaupt schreiben? Ich nicht. Ich habe keine schöne Handschrift."

„So ein Brief muß sowieso auf einer Schreibmaschine geschrieben werden", sagte Fanny Gressl. „Anonyme

Briefe werden so gut wie immer auf einer Schreibmaschine geschrieben, damit man den Verfasser nicht ausforschen kann."

„Du wirst den Brief schreiben", entschied Sophie Jäger.

„Wieso ich?" fragte Fanny Gressl beinahe empört.

„Weil du Lehrerin warst", antwortete Sophie Jäger.

„Na und?" gab Fanny Gressl gereizt zurück. „Du warst mit einem Beamten verheiratet."

„Also ich kann auf keiner Schreibmaschine schreiben", reklamierte die Bäckerin sicherheitshalber mit lauter Stimme.

Es sah so aus, als würde der anonyme Brief an den Heilgen Vater nie zustande kommen – und das war auch gut so.

*

Sie begegneten sich auf dem Marktplatz unter der alten Linde. Max Wurzer hatte soeben das Rathaus verlassen, und als er Pfarrer Schmieder erblickte, strahlte er über das ganze Gesicht.

„Ist das nicht ein wunderschöner Tag, Hochwürden? Der Herrgott muß unser kleines Schönwies ganz besonders in sein gütiges Herz geschlossen haben. Apropos

Herrgott. Was ist denn nun mit der geplanten Motorradmesse?"

„Sie ist noch nicht richtig geplant", entgegnete Paul Schmieder", sondern erst mal nur so eine unausgereifte Idee unseres Kaplans."

„Sie haben doch nicht etwa vor, diese gute, christliche Sache zu torpedieren."

Der Geistliche lächelte. „Ich habe ehrlich gesagt ein wenig Angst vor dem, was Sie aus dieser guten, christlichen Sache machen wollen, wie Sie sie ausschlachten werden."

Wurzer hob beide Hände. „Zum Nutzen der Bewohner von Schönwies, deren Wohl mir, dem Bürgermeister, natürlich sehr am Herzen liegt."

„Es gibt da so einige Horrorvorstellungen …"

„Wer hat die?" fragte Max Wurzer. „Sie?"

„Ich auch, aber nicht nur ich allein."

Wurzer lachte. „Sie befürchten, ich könnte Ihnen mit einem Schönwieser Großfest die Schau stehlen, wie?"

„Ich befürchte, daß Sie zuviel des Guten tun …"

„Man muß aus so einem Ereignis herausholen, was möglich ist", sagte der Bürgermeister engagiert.

„Sehen Sie, und genau das ist es, was wir nicht wollen."

Max Wurzer grinste schief. „Sie wollen nicht, daß das Martinsheim renoviert wird? Sie wollen nicht, daß wir den Spielplatz ausbauen? Sie wollen nicht, daß wir endlich die Schule sanieren und die Feuerwehr ‚St. Florian' eine lange schon überfällige Finanzspritze von uns bekommt? Das kann ich nicht glauben. Seit wann stellen Sie sich gegen Schönwies, Hochwürden?"

Paul Schmieder lächelte. „Sie machen das sehr geschickt."

Der Bürgermeister grinste pfiffig. „Ich bin nicht auf den Kopf gefallen."

„Ich auch nicht."

„Das hat niemand behauptet", sagte Max Wurzer.

„Ich mache Ihnen einen Vorschlag: Kaplan Klingmann arbeitet das Festkonzept aus, das die Wünsche und Vorstellungen beider Seiten moderat berücksichtigt, wir sehen es uns dann gemeinsam an und reden darüber."

Wurzer musterte den Geistlichen mit einem argwöhnischen Blick. „Sie wollen mich aufs Kreuz legen."

„Sie sollten nicht immer von sich auf andere schließen, Bürgermeister."

„Wenn ich ja sage, muß ich das Konzept des Kaplans vor dem Gemeinderat vertreten."

Paul Schmieder nickte. „Die endgültige Fassung – ja."

„Wie ich Sie kenne, werden Sie kaum zu Zugeständnissen bereit sein. Ich weiß, was für ein zäher, unnachgiebiger Verhandlungspartner Sie sind."

„Ich lasse mich jederzeit von guten Argumenten überzeugen", entgegnete der Priester.

„Ach, wirklich? Und wieso ist mir das in all den Jahren dann noch nie gelungen?"

Paul Schmieder hob bedauernd die Schultern. „Weil Ihre Argumente noch niemals gut genug waren."

Über Wurzers Nasenwurzel erschien eine Unmutsfalte. „Sie meinen also allen Ernstes, wir – der Gemeinderat und ich – sollen uns von der Kirche Vorschriften machen lassen. Wo gibt's denn so was?"

„Bei uns in Schönwies, wenn Sie klug sind."

„Angenommen, ich stimme Ihrem Angebot nicht zu, was dann?" erkundige sich Max Wurzer.

„Kein Konzept, keine Motorradmesse."

„Sagen Sie mal, Hochwürden, riecht das nicht ziemlich ekelhaft nach Erpressung?"

Paul Schmieder setzte ein mildes Lächeln auf. „Ich bin Priester, mein lieber Bürgermeister. Ich erpresse sie nicht, ich schlage Ihnen etwas vor, und es liegt bei Ihnen, meinen Vorschlag anzunehmen oder abzulehnen."

*

„Sabotage", sagte zur selben Zeit Fanny Gressl zu ihrer Schwester. „Das wäre auch ein probates Mittel, um dem Spuk ein jähes Ende zu bereiten."

„Sabotage?" fragte Sophie Jäger. Die Roten Schwestern befanden sich auf dem Heimweg. Ihre Schritte hallten zwischen den Häusern der Kirchgasse.

„Die Straßen mit Nägeln und Glassplittern bestreuen", erklärte Fanny Gressl. „Das kann man in der Nacht machen, wenn keiner es sieht. Und wenn die wilde Horde dann in Schönwies einfällt ... Zucker in die Benzintanks! Und wir haben unsere heilige Ruhe."

„Sabotage. Hm. Und wer soll sabotieren?" fragte Sophie Jäger.

„Wir beide."

„Wir zwei sollen für Schönwies die Dreckarbeit machen?" Sophie Jäger schüttelte den Kopf. „Das sehe ich nicht ein."

„Wir tun es in erster Linie für uns."

„Und ganz Schönwies profitiert von unserer Dummheit", sagte Sophie Jäger.

„Wieso Dummheit?"

„Ist es nicht dumm, für andere Leute Kopf und Kragen zu riskieren?" fragte Sophie Jäger.

„Wieso denn Kopf und Kragen?"

Sophie Jäger blieb stehen. Sie schaute die Kirchgasse rauf und runter und sagte dann leise: „Kannst du dir vorstellen, was diese Motorradrowdys tun, wenn sie die Namen der Saboteure in Erfahrung bringen?"

„Wie sollte ihnen das gelingen? Sie sind doch keine Hellseher."

Sophie Jäger wiegte bedenklich den Kopf. „Der Teufel schläft nicht. Jemand könnte uns bei unserem nächtlichen Treiben beobachten. Dann würde Hauptwachtmeister Schweiger zu uns kommen und uns wegen böswilliger Sachbeschädigung festnehmen. Und alle Schönwieser, die durch unsere Nacht-und-Nebel-Aktion einen Platten an ihrem Fahrzeug hätten, hätten wir auch noch gegen uns."

„Na schön, dann lassen wir's eben mit der Sabotage", meinte Fanny Gressl achselzuckend. Sie hielt die Nase in den Wind und schnupperte. „Schon wieder", zischte sie ärgerlich. „Riechst du das, Sophie? Eine Frechheit sondergleichen ist das, doch es findet sich niemand, der dem Italiener diese impertinente Geruchsbelästigung verbietet. Ich habe den Verdacht, er läßt einen riesigen Ventilator laufen, damit der penetrante Pizzagestank in ganz Schönwies zu riechen ist."

*

Der Radiosprecher kündigte eine allmähliche Eintrübung und zum Teil recht heftige Gewitter mit Hagelschlag an. Robert Assen trat ans Fenster und sah zum wolkenlosen Himmel.

„Diese Wetterfrösche", sagte er kopfschüttelnd. „Ich möchte wissen, wie die ihre Prognosen erstellen. Gewitter. Hagelschlag. Ich sehe keine einzige Wolke."

Bernd grinste. „Die wollen uns die Prognose vom vorigen Jahr unterjubeln."

„In Sonnbrunn ist heute CD-Tag."

„CD-Tag?" fragte Bernd, der zur Zeit unter erheblichen Marion-Sutter-Entzugserscheinungen litt.

„Nur heute."

„Was heißt CD-Tag?" wollte Bernd wissen.

„Hast du die Anzeige nicht gelesen?" Robert holte die Zeitung und zeigte sie seinem Bruder. „Jede Compact Disk für fünf Mark."

„Ladenhüter."

„Blödmann." Robert tippte sich mit dem Zeigefinger an die Stirn. „Die neuesten Scheiben. Solange der Vorrat reicht."

„Und wieso sind wir dann noch nicht dort?"

Die Brüder zogen ihre schwarze Lederkluft an, stülpten sich ihren Sturzhelm über den Kopf und schwangen sich auf die Kawasaki.

Wie viele Platten sie kaufen würden, stand noch nicht fest. Keinesfalls würden sie blind draufloskaufen, weil die Schallplatten nur fünf Mark kosteten. So unvernünftig waren sie noch nie gewesen.

Nur zehn Kilometer war die Kreisstadt Sonnbrunn von Schönwies entfernt. Bernd Assen ließ die Kawasaki laufen, aber er fuhr nicht zu schnell.

Sein Bruder saß hinter ihm und hielt sich an ihm fest. Bernd hatte absolut nichts gegen Robert, aber es wäre ihm begreiflicherweise weitaus lieber gewesen, wenn Marion Sutter an Roberts Stelle gewesen wäre.

In Sonnbrunn erlebten die Brüder dann eine ziemliche Enttäuschung. Jene CDs, die sie gerne gehabt hätten, waren nicht mehr zu kriegen, und der Rest interessierte sie nicht.

„Und was machen wir jetzt?" fragte Bernd unzufrieden.

„Jetzt lade ich dich auf ein schönes großes Eis ein, damit wir nicht ganz umsonst nach Sonnbrunn gefahren sind", antwortete Robert.

Nach dem Eis stiegen sie wieder auf die Kawasaki, um nach Schönwies zurückzukehren. Auf halber Strecke wurden sie von einem schweren Unwetter überrascht.

Es ging unheimlich schnell. Auf einmal wurde der Himmel schwarz, und dann schüttete es auch schon wie aus Eimern. Zum Regen mischten sich taubeneigroße Hagelkörner. Es blitzte und donnerte. Die Hagelschlossen fielen immer dichter. Sie hämmerten auf die Sturzhelme der Brüder, und im Nu bedeckten sie die gesamte Straße.

Das wurde Bernd und Robert Assen zum Verhängnis. Bernd nahm Gas weg, aber die Maschine rutschte auf den Eiskörnern von der Fahrbahn.

Hart landeten die Brüder auf dem eisbedeckten Asphalt. Die Kawasaki kreiselte ohne sie in den Straßengraben, und sie rutschten auf einen Akazienbaum zu, der am Straßenrand stand. Während Bernd den Baum nur streifte, knallte Robert mit großer Wucht dagegen. Bernd schmerzte sein eigener Schrei, den er in den Sturzhelm hineinbrüllte. Er konnte nichts sehen. Zuviel Wasser rann über sein Visier. Er hatte Schmerzen in der Schulter und in der Hüfte, ignorierte sie aber, denn sein Bruder war bestimmt schlimmer dran. Bernd machte sich entsetzliche Sorgen um Robert.

Er riß sich den Sturzhelm vom Kopf und ließ ihn achtlos fallen Es hagelte nicht mehr, aber es regnete weiterhin so stark, als wäre genau über Bernd ein Damm gebrochen. Robert lag beim Baum. Er regte sich nicht.

„Robert!" schrie Bernd außer sich vor Entsetzen. Er machte sich schreckliche Vorwürfe, denn er hatte die Maschine gelenkt. Was Robert zugestoßen war, hatte er verschuldet.

Bernds Haar klebte klatschnaß am Kopf. Das Wasser tropfte ihm von Nase und Kinn und rann ihm am Hals in die Lederkluft. Er humpelte zu seinem Bruder.

„Robert! O mein Gott!"

Robert lag mit verrenkten Gliedern da. Bernd konnte kein Lebenszeichen erkennen. Das machte ihn schier wahnsinnig vor Angst.

Er wollte Robert den Sturzhelm abnehmen, tat es dann aber nicht, weil er nicht wußte, wie schwer der Bruder verletzt war. Er klappte nur das Visier hoch.

„Robert! Robert!"

Bernds Herz trommelte wie verrückt gegen die Rippen. Hilfe! Robert brauchte Hilfe! Aber es war niemand da, den Bernd um Hilfe hätte bitten können. Und um sie beide herum versank die Welt in Regen und Schlamm. Wir hätten nicht nach Sonnbrunn fahren sollen! hallte es in Bernds Kopf. Wir hätten der Wettervorhersage Glauben schenken sollen.

Hätten, hätten! Sie hatten es nicht getan – und nun lag Robert hier am Straßenrand und regte sich nicht. Wie schwer mochte er verletzt sein? Oder war Robert etwa gar – tot? „Nein!" schrie Bernd gequält auf. „Um Himmels willen, nein! Das darf nicht sein! O Gott, er ist mein Bruder! Er ist erst neunzehn! Laß nicht zu, daß ich ihn auf dem Gewissen habe!"

Der prasselnde Regen weckte Robert. Er öffnete die Augen, blinzelte, weil ständig Regentropfen auf sein Gesicht fielen. Bernd war unbeschreiblich froh, daß der

Bruder lebte. Robert war noch schwer benommen, aber er lebte – er lebte! Bernd dankte dem Himmel für dieses große Geschenk.

„Robert!" rief er. „Robert, hörst du mich? Robert, hörst du mich? Robert, antworte mir! Hörst du mich?"

Robert sagte nichts. Er blinzelte nur.

„Robert! Sieh mich an!" verlangte Bernd verzweifelt. „Erkennst du mich denn nicht?"

„B-e-r-n-d ..."

„O Robert! Robert!" schluchzte Bernd.

„Was ist passiert?" fragte Robert schleppend.

„Wir hatten einen Unfall", antwortete Bernd gepreßt. „Bist du verletzt?"

„Ich – weiß – es – nicht ..."

„Kannst du aufstehen?"

„Ich – weiß – es – nicht ..."

„Versuch es", sagte Bernd.

„Es geht nicht."

„Soll ich dir helfen?" fragte Bernd.

Robert schüttelte langsam den Kopf. „Es geht nicht."

„Hast du Schmerzen?"

„Ja", antwortete Robert leise.

„Wo, Robert? Wo?"

„Im Rücken. Mein Rücken tut so weh", stöhnte Robert.

„Was tut dir sonst noch weh?" wollte Bernd bestürzt wissen.

„Sonst nichts, nur der Rücken."

„Die Beine nicht?" fragte Bernd heiser.

„Ich spüre meine Beine nicht. Ich habe kein Gefühl in meinen Beinen. Und ich kann sie nicht bewegen."

„Jesus!" Bernd bedeckte sein regennasses Gesicht mit den Händen und weinte.

Das Rauschen rasch näher kommender Autoreifen veranlaßte ihn, aufzuspringen. Er stellte sich mitten auf die Fahrbahn, winkte mit beiden Armen und schrie: „Hilfe! Halt! Anhalten! Stehenbleiben!"

Er hätte sich für seinen Bruder überfahren lassen. Keinen Millimeter wollte er zur Seite weichen. Das Fahrzeug mußte anhalten – unbedingt. Der Wagen, ein Mercedes, war voll besetzt.

„Unfall gehabt?" rief der Fahrer.

„Ja."

„Zum Glück habe ich ein Autotelefon", sagte der Fahrer.

„Mein Bruder braucht schnellstens einen Krankenwagen. Er hat eine Rückenverletzung. Er spürt seine Beine nicht."

„Oh, verflucht", stieß der Fahrer ernst hervor, und dann wählte er den Rettungsnotruf.

*

Die Straße war noch naß, aber es regnete nicht mehr, als der Krankenwagen eintraf. So schnell, wie das Unwetter gekommen war, war es auch wieder weitergezogen. Wenn Bernd und Robert eine halbe Stunde länger in Sonnbrunn geblieben wären, wäre nichts passiert. Und der Unfall wäre ihnen auch erspart geblieben, wenn Robert Bernd nicht auf ein Eis eingeladen hätte. Manchmal schlägt das Schicksal die verrücktesten Kapriolen – und der Mensch hat es zu büßen.

Man hob Robert ganz vorsichtig auf eine Vakuummatratze.

„Sind Sie auch verletzt?" fragte der Rettungsarzt.

„Ja. Nein. Nein, ich glaube nicht", stammelte Bernd.

„Wir nehmen Sie auf jeden Fall mit."

„Ich – ich steige nie wieder auf ein Motorrad", sagte Bernd.

„Das sagen alle, solange sie unter Schock stehen, aber die wenigsten halten ihr Versprechen."

Während der Rettungswagen nach Sonnbrunn raste, sagte Bernd ununterbrochen: „Bitte verzeih mir, Robert. Verzeih. Verzeih. Es wird alles gut. Es wird bestimmt alles wieder gut."

Im Kreiskrankenhaus trennte man die Brüder. Bernd wurde gründlich untersucht. Er fragte immer wieder nach seinem Bruder.

„Es wird alles für Ihren Bruder getan", besänftigte man ihn.

„Er hat kein Gefühl in seinen Beinen."

„Beruhigen Sie sich. Ihr Bruder ist bei uns in besten Händen."

Man diagnostizierte bei Bernd Hautabschürfungen, Blutergüsse und Prellungen und sagte ihm, daß man ihn über Nacht zur Beobachtung dabehalten würde.

Man verständigte seine Eltern, und er weinte, als sie kamen. Seine Mutter weinte auch, und sein Vater war sehr still und ganz grau im Gesicht.

„Wißt ihr was von Robert?" fragte Bernd kraftlos.

„Man hat ihn operiert", antwortete sein Vater ernst. „Ein Rückenwirbel ist gebrochen."

„Habt ihr mit ihm gesprochen?" wollte Bernd wissen.

„Nein, er ist noch nicht aufgewacht."

„Habt ihr ihn gesehen?" erkundigte sich Bernd.

„Ja, gesehen haben wir ihn. Ganz kurz."

„Wie sieht er aus?" fragte Bernd zaghaft.

„Als würde er bei uns daheim friedlich schlafen."

Bernd schluckte nervös, und seine Hände krampften sich zu Fäusten zusammen. „Wird er bald wieder gehen können?"

„Für eine seriöse Prognose ist es noch zu früh, sagen die Ärzte", antwortete der Vater.

Bernd stieß einen gequälten Seufzer aus. „Ich …ich habe ihm das angetan. Ich wollte, ich wäre tot."

Seine Mutter sah ihn entsetzt an. „Sag so etwas nie wieder. Hörst du? Nie wieder!"

„Mutter hat recht, Junge", sagte Herr Assen. „So etwas Schreckliches darfst du nicht einmal denken. Das Leben ist unser höchstes Gut. Ein Geschenk Gottes, auf das wir gut achtgeben müssen, denn wenn wir eines Tages vor unseren Schöpfer treten, wird der wissen wollen, was wir daraus gemacht haben."

„Daraus gemacht … Was habe ich aus dem Leben meines Bruders gemacht?" schluchzte Bernd. „Ihr könnt euch nicht vorstellen, wie mir zumute ist. Diese Schuld … diese Last … Sie ist so schwer, so furchtbar schwer. Sie läßt mich nicht einmal mehr richtig atmen."

„Du mußt dich zusammennehmen, Junge", sagte Bernds Vater eindringlich. Er griff nach der Hand seines Sohnes und drückte sie leicht.

„Die Last, Vater … So schwer … So schwer …", schluchzte Bernd.

Ein Arzt kam und bat die Eltern zu gehen. Frau Assen beugte sich über ihren Sohn und küßte ihn auf die Stirn.

Herr Assen streichelte Bernds Hand und sagte: „Wir holen dich morgen nach Hause."

*

Drei Tage nach dem Unfall meldete sich Marion Sutter zurück. Herr Assen rief seinen Sohn an den Apparat. Bernd schlich zum Telefon.

Tief in seiner Seele schien etwas gebrochen zu sein, und er konnte sich nicht vorstellen, daß das jemals wieder heilen würde. Er fühlte sich elend.

„Hallo", sagte er mit kraftloser Stimme.

„Hallo, ich bin es", sagte Marion. „Ich bin wieder da."

„Wie geht es deiner Tante?"

„Schon besser. Sie hat ein ganz, ganz süßes Baby", erzählte Marion.

Bernd bedauerte, daß es ihn nicht sonderlich interessierte. Er hörte Marion nur mit halbem Ohr zu.

„Die Verkäuferin ist wieder gesund", berichtete sie weiter. „Sie steht jetzt in der Boutique, meine Mutter wird ihre Schwester noch ein paar Tage betreuen und dann ebenfalls nach Schönwies zurückkehren. Da es für mich in Freiburg nichts mehr zu tun gab, bin ich heimgefahren."

„Hm!"

„Du scheinst dich nicht zu freuen", stellte Marion betrübt fest.

„Doch, doch!"

„Bernd", sagte Marion mit belegter Stimme, „ich habe von eurem Unfall gehört."

Sein Herz krampfte sich zusammen.

„Bist du okay?" fragte Marion besorgt.

„Es geht mir soweit gut."

„Und – Robert?" fragte Marion stockend.

„Sie haben ihn gleich nach dem Unfall operiert", sagte Bernd unglücklich.

„Und?"

„Ihm droht eine Querschnittslähmung." Es ging beinahe über seine Kräfte, das auszusprechen.

Marion schwieg betroffen. Bernd hörte sie schwer atmen.

„Meine Eltern haben bereits einen Rollstuhl gekauft", knirschte Bernd. „Das verdammte Ding steht hier herum, und jedesmal, wenn ich es sehe, zerreißt es mir fast das Herz."

„Das kann ich mir vorstellen", sagte Marion mitfühlend. „Du tust mir ja so leid."

„Robert ist der, der uns allen leid tun muß."

„Ja, natürlich tut mir auch Robert leid", sagte Marion Sutter.

„Ich habe die schwersten Gewissensbisse ...", seufzte Bernd schwer.

„Dich trifft keine Schuld."

„Ich habe die Maschine gelenkt." Bernd war in einer Verfassung, in der er das gefährliche Verlangen hatte, sich selbst zu zerfleischen.

„Das Unwetter war schuld, nicht du. Rede dir das nicht ein, Bernd. Du bist ein sicherer Fahrer. Ich weiß das. Ich bin doch schon etliche Male mit dir mitgefahren."

„Ein sicherer Fahrer ... Und mein Bruder liegt im Krankenhaus und kann nicht gehen – wird vielleicht für immer im Rollstuhl sitzen müssen. Und ich werde mir immer wieder sagen müssen: Das hast du ihm angetan."

„Du sagst, er wird vielleicht für immer im Rollstuhl sitzen müssen."

„Ja", gab Bernd zurück.

„Du sagst vielleicht."

„Sie wollen ihn noch einmal operieren", sagte Bernd.

„Wann?"

„Das steht noch nicht fest", antwortete Bernd. „Die erste Operation hat ihn so schwer hergenommen, daß sie mit dem zweiten Eingriff warten müssen, bis er sich erholt hat."

Sie schwiegen beide einen Moment. Dann fragte Marion: „Können wir uns sehen, Bernd?"

Er zögerte, dehnte seine Antwort. „Marion ... bitte sei mir nicht böse, aber im Augenblick ..."

„Schon gut. Ich verstehe."

„Es tut mir leid, aber ..." Seine Stimme klang brüchig.

„Alles in Ordnung. Kein Problem."

„Ich bin in einer ganz schrecklichen seelischen Verfassung ...", sagte Bernd.

„Ruf mich an, wenn es dir bessergeht."

„Ja", sagte Bernd niedergeschlagen.

„Wann besuchst du Robert?" fragte Marion.

„Heute."

„Grüß ihn von mir", bat Marion.

„Mach' ich", sagte Bernd leise, „und – Marion ..."!

„Ja?"

„Danke für dein Verständnis", sagte Bernd gerührt.

„Ist doch selbstverständlich", gab Marion sanft zurück.

Sie legten gleichzeitig auf.

*

Jetzt saß Robert im Rollstuhl, und es tat Bernd in der Seele weh, das zu sehen. Obwohl niemand ihm auch nur den geringsten Vorwurf machte, wurde er seine Schuldgefühle nicht los. Robert war mager geworden. Er sah schlecht aus. Sein Gesicht war eingefallen, und graue Schatten lagen um seine Augen. Bernd zerfranste sich für ihn.

In jeder freien Minute stand er seinem Bruder zur Verfügung. Er fuhr mit Robert überall hin, nahm jede

Anstrengung auf sich, um sein schlechtes Gewissen zu beruhigen.

Jochen Wessermann, ein guter Freund von Bernd Assen, hatte sich der Kawasaki angenommen. Er war Automechaniker und reparierte Bernds Maschine nach Arbeitsschluß in seiner Freizeit und in der Werkstatt, in der er arbeitete, denn dort stand ihm das beste Werkzeug zur Verfügung, und wenn er Ersatzteile benötigte, hatte der Chef nichts dagegen, wenn er sie über die Firma zu einem wesentlich günstigeren Preis bezog. Jochen hielt die Reparaturkosten so niedrig wie möglich, und von Geld für seine Arbeit wollte er nichts hören. Sie seien Freunde, hatte er gesagt, und er betrachtete es als seine Pflicht, Bernd zu helfen. Außerdem stünde er sowieso in Bernds Schuld und wäre froh, sich endlich einmal revanchieren zu können.

Die große Reparaturwerkstatt war leer. Alle Mechaniker, bis auf den rothaarigen Jochen, waren nach Hause gegangen. Bernd war bei ihm.

Er hatte ein ganz eigenartiges Gefühl, wenn er seine Kawasaki ansah. Das Motorrad erinnerte ihn gnadenlos an den folgenschweren Unfall. Er hatte die Kawasaki früher geliebt. Jetzt haßte er sie, weil sie so viel Unglück über seinen Bruder gebracht hatte.

„Reich mir mal die Ratsche rüber", bat Jochen Wessermann. Er trug einen blauen Overall und hatte einen

Schmierfleck auf der Stirn und einen am Kinn. Bernd gab ihm das gewünschte Werkzeug.

„Danke", sagte Jochen. „Und jetzt den Ringschlüssel."

Bernd griff danach.

„He", meinte Jochen. „Das ist der Gabelschlüssel."

„Entschuldige!" Bernd gab ihm den richtigen Schlüssel.

„Morgen ist dein Baby wieder wie neu", sagte Jochen. „Ich wäre schon früher fertig geworden, aber wir hatten vergangene Woche mächtig viele Überstunden zu machen, und dann mußte ich ziemlich lange auf ein Ersatzteil warten."

„Ich habe ja gesagt, du hast für die Reparatur so viel Zeit wie du willst."

Jochen musterte Bernd ernst. „Hast jetzt 'n gestörtes Verhältnis zu deinem heißen Ofen, wie?"

„Kann man wohl sagen. Ein ziemlich gestörtes Verhältnis."

„Die Kawasaki kann nichts für diesen Unfall", sagte Jochen.

„Ich weiß, aber wenn du Robert tagtäglich im Rollstuhl sitzen siehst ..."

„Du kannst auch nichts für den Unfall", sagte Jochen. „Es war höhere Gewalt."

„Höhere Gewalt ... Das klingt so nach: von Gott gewollt. Aber das kann Gott nicht gewollt haben."

Jochen wischte sich die Hände an einem öligen Lappen ab. „Schluß für heute. Morgen kannst du dir die Kawasaki holen."

Es flackerte nervös in Bernds Augen. „Hör mal, würdest du – würdest du mir die Maschine bringen?"

„Kann ich machen."

„Ich möchte sie nicht fahren", sagte Bernd heiser.

„Du darfst in deinem Motorrad keinen Feind sehen, Bernd."

„Ich ... ich habe Angst davor."

„Die wird sich legen", meinte Jochen zuversichtlich.

„Da bin ich mir nicht so sicher."

„Ist natürlich nicht gut, wenn die Angst mitfährt".

„Deshalb wäre ich dir dankbar, wenn du mir die Maschine bringen würdest."

Jochen nickte. „Und was weiter?"

„Wir haben eine Garage. Da ist sie gut aufgehoben."

„Für wie lange?" wollte Jochen wissen.

„Das weiß ich nicht."

„Dieses Schmuckstück ist zu schade, um in eurer Garage zu vergammeln", befand Jochen Wessermann.

„Dieses Schmuckstück hat meinen Bruder zum Krüppel gemacht", erwiderte Bernd bitter.

„Willst du das Motorrad verkaufen?"

Bernd hob die Schultern und seufzte schwer. „Ich weiß im Moment überhaupt nicht, was ich will."

„Ein Käufer ließe sich mit Sicherheit in ganz kurzer Zeit auftreiben, und ein guter Preis ließe sich für die Maschine auch erzielen", sagte Jochen.

„Sie soll vorerst nur in unserer Garage stehen", sagte Bernd. „Alles andere wird sich finden."

Tags darauf brachte Jochen Wessermann die Maschine. „Läuft phantastisch", strahlte er.

Bernd zeigte ihm, wo er die Kawasaki abstellen sollte. Er faßte sie nicht einmal an.

„Du mußt eine neue Beziehung zu deinem Motorrad aufbauen", riet Jochen dem Freund.

„Das wird nicht einfach sein", erwiderte Bernd geknickt. „Vielleicht ist es sogar unmöglich."

„Laß dir Zeit – und gibt der Maschine eine Chance."

„Komm ins Haus", sagte Bernd, „trink was, und sag Robert guten Tag."

Robert saß schmal und fahl im Rollstuhl. Jochen wußte nicht so recht, was er sagten sollte. Kann man jemanden fragen, wie es ihm geht, wenn man sieht, daß es ihm schlechtgeht?

„Ich habe die Kawasaki gebracht", sagte Jochen.

Robert nickte. „War viel kaputt?"

„Eigentlich erstaunlich wenig, wenn man bedenkt …"

„Es hat uns ganz schön hingehauen", sagte Robert. „Es ging so irre schnell. Man kam gar nicht zum Denken. Rums – schon war's passiert."

„Das war ja aber auch ein Unwetter …"

Robert nickte wieder. „Das werde ich mein Lebtag nie vergessen."

Bernd sah seinen Bruder unglücklich an und dachte: Wie könntest du auch?

*

Bernd Assen hatte Marion Sutter von zu Hause abgeholt, und nun gingen sie auf dem Damm neben dem Flüßchen Sonne am Sägewerk des Fabian Oberholzer vorbei. Marions Mutter war inzwischen ebenfalls nach Schönwies zurückgekehrt, denn ihre Schwester in Freiburg kam nun wieder allein zurecht.

„Wie geht es Robert?" erkundigte sich Marion.

„Er erholt sich langsam", antwortete Bernd. Wieder hielt er diesen dummen kleinen Abstand. Warum nahm er nicht Marions Hand? Er wußte es nicht.

„Ich habe gestern Jochen Wessermann getroffen", sagte Marion Sutter.

„Die Kawasaki sieht wie neu aus."

„Ich hatte gehofft, du würdest mich damit abholen", sagte Marion, „und wir würden ..."

Bernd schüttelte mit finsterer Miene den Kopf. „Ich kann nicht auf die Maschine steigen."

„Warum nicht?"

Bernd konnte Marion nicht ansehen.

Er schaute zum Wasser hinunter. Zwölf Meter breit und, bei Normalstand, eineinhalb Meter tief war die Sonne. Bei Hochwasser, das im Frühjahr durch die Schneeschmelze anfiel, stand das Wasser manchmal bis an die Dammkronen. Das war jetzt kaum vorstellbar.

„Ich habe Angst", sagte Bernd leise.

„Wovor denn?" fragte Marion.

„Dreimal darfst du raten", knirschte Bernd.

„Du wirst kaum mal wieder auf einer mit Hagelkörnern übersäten Straße unterwegs sein."

Bernd schüttelte den Kopf und furchte seine Stirn. „Ich kann nicht aufs Motorrad steigen. Ich kann es einfach nicht."

„Du weißt, wie gern ich mit dir fahre."

Eine Zornwelle schoß in Bernd hoch. Hatte sie denn kein Verständnis für seine Situation? War sie denn so egoistisch? Dachte sie nur an ihr Vergnügen? „Wenn du mich nicht ohne die Kawasaki magst ..."

„Fauch mich doch nicht gleich so an", fiel sie ihm scharf ins Wort.

„Robert kann wahrscheinlich nie wieder gehen, und ich soll mit dir auf der Kawasaki spazierenfahren, die ..."

Es blitzte in Marions graugrünen Augen. „Ich habe mich nicht mit dir getroffen, um mich von dir anschreien zu lasen."

„Wenn du so wenig Herz und Mitgefühl hast ..."

Marion blieb stehen und stemmte die Fäuste wütend in die Seiten. „Ach, du hältst mich also für herzlos und gefühlskalt?"

„Du hast überhaupt kein Verständnis für meine Lage", warf Bernd ihr vor. „Kannst du dir nicht vorstellen, wie es in mir aussieht? Ist dir das völlig egal? Denkst du nur an dich? Bist du so vergnügungssüchtig?"

„Jetzt reicht es mir aber, Bernd!" fauchte Marion. „Ich habe es nicht nötig, mir das von dir anzuhören, und ich habe keine Lust, mich von dir beleidigen zu lassen!"

„Ich werde weder für dich noch für sonst jemanden die Kawasaki aus der Garage holen."

„Dann laß es eben drin, das blöde Motorrad", schrie ihm Marion zornig ins Gesicht, „und mich laß in Zukunft gefälligst in Ruhe!" Sie wirbelte herum und lief weg. Heiße, salzige Tränen rannen ihr über die Wangen.

„Marion!" rief Bernd halbherzig. „Marion!"
Sie rannte weiter, und er war nicht gewillt, ihr zu folgen. Schließlich hatte er auch seinen Stolz, und er fühlte sich nicht im Unrecht.

*

Das kirchliche Konzept stand. Pfarrer Schmieder ging es mit dem Kaplan noch einmal Punkt für Punkt durch und legte fest, wo er dem Bürgermeister noch das eine oder andere Zugeständnis machen konnte.
Ludwig Kreuzer, der fünfzigjährige Mesner, hörte zu und verhielt sich ruhig. Er hatte vor dreißig Jahren bei einem Unfall sein linkes Bein verloren, kam aber mit seiner Prothese sehr gut zurecht.
Kreuzer verstand sich mit Erika Maus ganz hervorragend und wurde oft ins Pfarrhaus zum Essen eingeladen. Auch heute würde er wieder mit der Haushälterin, mit Pfarrer Schmieder und Kaplan Klingmann am Mittagstisch sitzen. Doch bis dahin war noch eine halbe Stunde Zeit.
Paul Schmieder sah ihn fragend an. „Was halten Sie von unserem Konzept?"
„Ich habe nichts daran auszusetzen, Hochwürden", antwortete der Mesner. „Nach meiner Meinung ist es

sehr gerecht und ausgewogen. Das kann uns eine schöne Motorradmesse und ein nettes Fest bescheren. Wenn ich der Bürgermeister wäre, würde ich diesem Schriftstück in allen Punkten ohne Wenn und Aber zustimmen, aber wie ich Max Wurzer kenne, wird er nichts unversucht lassen, um Sie über den Tisch zu ziehen."

Der Geistliche lachte zuversichtlich. „Das wird ihm nicht gelingen, da kann er noch so früh aufstehen."

Frau Maus erschien. „Wer hilft mir beim Tischdekken?"

„Ich", meldete sich der Mesner sofort und ging mit der Haushälterin hinaus.

„Wann gehen Sie zum Bürgermeister?" erkundigte sich Jürgen Klingmann.

„Heute nachmittag – wenn er für mich Zeit hat", antwortete Paul Schmieder.

„Soll ich mitkommen?"

„Ich rede mit dem Bürgermeister erfahrungsgemäß am besten allein", erwiderte der Geistliche. „Wenn ein Dritter dabei ist, glaubt Wurzer stets, vor diesem sein Gesicht wahren zu müssen. Wenn wir allein sind, ist er immer viel nachgiebiger und kompromißbereiter."

*

„Hungerstreik", sagte Fanny Gressl zu ihrer Schwester, während sie Zwiebeln fürs Gulasch schnitt und weinte.

„Was ist los?" fragte Sophie Jäger, die das Rindfleisch geschnitten und in den Kochtopf gegeben hatte. Jetzt würzte sie mit Paprika, Salz und Pfeffer. Auch einen Spritzer Senf tat sie dazu. Und ein paar Tropfen Essig.

„Wir könnten in Hungerstreik treten", sagte Fanny Gressl.

„Weswegen?"

Fanny Gressl wischte sich die Tränen von den Wangen. „Um die Motorradmesse zu verhindern."

„Kein Mensch in Schönwies ist ein solches Opfer wert." Sophie Jäger schüttelte den Kopf. „Ideen hast du. Du weißt anscheinend nicht, wie weh Hunger tut."

„Wenn man etwas erreichen will …"

„Man darf seine Gesundheit nicht so leichtfertig aufs Spiel setzen", belehrte Sophie Jäger die Schwester. „So ein Hungerstreik kann dir ein Leiden einbringen, das du ein Leben lang nicht mehr los wirst. Schneid noch mehr Zwiebeln."

„Noch mehr?"

„Es ist noch nicht genug", sagte Sophie Jäger.

„Dann wird diese Motorradmesse also stattfinden", seufzte Fanny Gressl und schälte eine weitere Zwiebel.

„Ich glaube nicht." Sophie Jäger schüttelte den Kopf. „Ich glaube, die ganze Sache ist schon längst von selbst eingeschlafen."

„Du meinst, wir brauchen uns keine Gedanken mehr zu machen, wie wir diese Messe verhindern können?"

„Ich meine", antwortete Sophie Jäger überzeugt, „dieses Thema hat sich mittlerweile ganz von selbst erledigt. Und jetzt beeile dich ein bißchen mit dem Zwiebelschneiden, sonst bringen wir das Mittagessen erst am Abend auf den Tisch."

*

Noch immer rannen Marion Sutter die Zornestränen über die Wangen. Eine Frechheit, wie Bernd Assen sie behandelt hatte. Herzlos, vergnügungssüchtig, egoistisch hatte er sie genannt. Das brauchte sie sich von ihm nicht gefallen zu lassen.

Sie lief die Hauptstraße entlang, am Haus der Roten Schwestern vorbei, erreichte den Kiosk an der Bushaltestelle. Dort stand ihre Freundin Sabine Wohlmuth.

„He, Marion! Marion!"

Marion hätte Sabine nicht bemerkt, wenn diese sie nicht gerufen hätte. Sie blieb stehen.

„Was ist los?" fragte Sabine besorgt.

„Ach, nichts."

„Niemand weint wegen nichts", erwiderte die brünette Sabine Wohlmuth. Sie war so alt wie Marion. Beide hatten in derselben Woche Geburtstag.

Marion rieb sich mit den Handballen die Tränen aus den Augen.

„Ärger daheim?" fragte Sabine.

„Nein."

„Was dann?" bohrte Sabine Wohlmuth weiter.

Da platzte es aus Marion heraus. Sie erzählte der Freundin alles, die ganze Ungerechtigkeit, und sie sagte abschließend, daß es mit Bernd Assen aus und vorbei sei und daß sie ihn nie, nie wiedersehen wolle.

„Und was tust du jetzt?" fragte Sabine.

Marion zuckte die Achseln. „Ich gehe nach Hause, schließe mich in mein Zimmer ein und dröhne mir die Ohren mit Heavy Metal voll."

Sabine Wohlmuth schüttelte energisch den Kopf. „Nichts da, du kommst mit mir."

„Wohin?"

„Nach Sonnbrunn", sagte Sabine.

„Und was tun wir dort?"

„Uns ganz großartig amüsieren."

Der Bus kam, und ehe Marion Sutter realisierte, was geschah, war sie mit der Freundin nach Sonnbrunn unterwegs.

„Eigentlich hätte ich nicht mit dem Autobus zu fahren brauchen", lächelte Sabine Wohlmuth. „Ein Wort von mir hätte genügt, und Dieter hätte mich mit seiner Honda abgeholt."

„Dieter?" fragte Marion.

„Dieter Kiesbauer."

„Von dem habe ich noch nie gehört", sagte Marion.

„Er wohnt in Sonnbrunn, gehört einer Motorradclique an. Du wirst ihn heute kennenlernen. Ist ein netter, gutaussehender Bursche. Sehr sympathisch. Ich kann ihn gut leiden."

„Warum läßt du dich dann nicht von ihm abholen?" fragte Marion.

„Dieter möchte mit mir gehen."

„Und du?"

„Ich fühle mich mehr zu Roland Bauersinger hingezogen", antwortete Sabine Wohlmuth.

„Gehört er auch dieser Motorradclique an?"

„Er ist ihr Anführer", sagte Sabine. „Er hat eine schwere alte, generalüberholte Harley Davidson. Ist ein echt starkes Gefühl, auf dieser Maschine zu sitzen."

„Gehören der Clique auch Mädchen an?"

„Mal sind ein paar Mädchen dabei, dann wiederum nicht", sagte Sabine. „Diese Jungs sind alle super. Du wirst sehr viel Spaß mit ihnen haben. Sie treffen sich immer auf dem Bahnhofsparkplatz. Da wird dann beraten, was man tun könnte, und sobald die Mehrheit einem Vorschlag zugestimmt hat, geht es los – irgendwohin. Und du wirst heute natürlich dabeisein."

Ein erwartungsvolles Kribbeln durchlief Marion. Sie hatte auf einmal die Chance, in eine Motorradclique hineinzuwachsen. War das nicht toll?

Wenn sie wollte, konnte sie mal auf diesem, mal auf jenem Motorrad mitfahren. Sie würde vergleichen können, wie man auf den verschiedenen Motorrädern saß. Die Aussicht darauf beschäftigte sie so sehr, daß sie im Moment überhaupt nicht mehr an Bernd Assen dachte. Sie war fasziniert von dem Gedanken, so viele Motorräder wie möglich zu testen.

In Sonnbrunn, auf dem Bahnhofsparkplatz, standen neun Motorräder – eines schöner als das andere. Mit Liebe geputzt und gepflegt und mit verspielten Extras dran.

Marion Sutter kam aus dem Staunen nicht heraus. Sie sah eine chromblitzende BMW, zwei Hondas, zwei Yamahas, Roland Bauersingers Harley Davidson …

Und da waren auch drei Kawasakis! Bei ihrem Anblick gab es Marion unwillkürlich einen Stich. Jetzt dachte sie doch wieder an Bernd Assen, und Ärger füllte ihr Herz.

Sabine machte sie mit der Clique bekannt, und obwohl auch noch andere Mädchen da waren, war Marion bei den Jungs sofort „Henne im Korb".

Es schmeichelte Marion, daß man sich so sehr um sie bemühte. Die anderen Mädchen sahen das zwar nicht so gerne, aber es ließ sich nichts daran ändern.

Marion durfte wählen, auf welchem Motorrad sie mitfahren wollte. Sie hätte auch auf der Harley sitzen können, aber das wollte sie Sabine nicht antun, deshalb bat sie den Anführer der Clique, ihre Freundin bei sich aufsteigen zu lassen, und Sabine Wohlmuth strahlte über das ganze Gesicht, als Roland Bauersinger damit einverstanden war.

Marion fuhr mit Dieter Kiesbauer auf der Honda. Die Clique war mehrere Stunden unterwegs und kam schließlich aus nördlicher Richtung nach Schönwies. Auf dem Marktplatz, vor dem Polizeiposten, stieg Marion von der Honda ab.

„Morgen fährst du mit mir!" rief Albert Lagowsky, der eine Yamaha fuhr.

„Und übermorgen mit mir", sagte Florian Brunner, dem die tolle BMW gehörte.

Marion lachte selig und meinte, auf Wolken zu schweben. Sie war Sabine Wohlmuth unendlich dankbar, daß sie sie nach Sonnbrunn mitgenommen hatte, und sie bedauerte, daß Bernd Assen sie jetzt nicht sehen konnte. Er hätte sich gewundert, wie schnell sie sich getröstet hatte. Selber schuld. Er hätte sie nicht so unfair behandeln dürfen. Und sie vertrug es schon gar nicht, wenn jemand sie anschrie.

„Darf ich dich morgen abholen?" fragte Albert Lagowsky. „Wo wohnst du?"

„Ich werde unter der Linde warten", gab Marion zurück. Sie wollte nicht, daß ihre Mutter sie mit Fragen nach Bernd löcherte. Bernd Assen war kein Thema mehr für sie.

Albert war damit einverstanden. Sie vereinbarten, um welche Zeit sie sich treffen wollten, dann brauste die Clique los, und Marion und Sabine winkten so lange, bis die Motorradfahrer nicht mehr zu sehen waren.

„Du hast bei denen wie eine Bombe eingeschlagen", stellte Sabine Wohlmuth neidlos fest.

„Tut mir leid, wenn ich ..."

Sabine legte der Freundin sanft die Hand auf die Schulter. „Du brauchst dich nicht zu entschuldigen. Ich wußte, daß es so kommt. Du bist ja immer der Mittelpunkt, wenn ich mit dir irgendwo aufkreuze. Mich stört das nicht. War nett, daß du für mich die Fahrt auf der Harley arrangiert hast."

„Wie sitzt man denn da drauf?"

„Wahnsinnig bequem", antwortete Sabine begeistert.

Von diesem Tag an gehörte Marion Sutter zur Sonnbrunner Motorradclique. Als sie tags darauf zur vereinbarten Zeit bei der Linde auf dem Marktplatz erschien, war Albert Lagowsky bereits da. Sie lief auf ihn zu und streckte ihm erfreut die Hand entgegen.

„Hallo", sagte sie aufgekratzt. „Wie geht's?"

„Prima", antwortete Albert und gab ihr seinen Zweithelm. „Hör mal, wenn du keine Lust hast, nach Sonnbrunn zu fahren, können wir auch irgend etwas anderes unternehmen – allein."

Sie wollte lieber mit allen zusammensein. Albert sagte zwar okay, aber sie sah ihm an, daß er ein wenig enttäuscht war. Eine Ausfahrt mit ihr allein hätte ihm mehr Spaß gemacht. Es gab ein lautes Hallo, als sie in Sonnbrunn eintrafen. Sabine war heute nicht dabei. Sie hatte keine Zeit, und so stieg Marion – sehr zum Leidwesen von Albert Lagowsky – hinter Roland Bauersinger auf die Harley, als er sie wieder dazu einlud. Marion fand es wunderbar, daß alle sie so umschwärmten. Sie saß jeden Tag auf einer anderen Maschine. Endlich kam sie, der totale Motorradfan, mal so richtig auf ihre Kosten. Und Bernd Assen? Von dem hörte und sah sie nichts mehr.

Eine Woche verging wie im Flug. Die Clique war sehr unternehmungslustig. Jeden Tag stand irgend etwas auf dem Programm, und Marion Sutter war immer dabei. Bald war die Clique öfter in Schönwies als in Sonnbrunn – und da konnte es nicht ausbleiben, daß Bernd das Mädchen, in das er noch immer verliebt war, auf einem Motorrad sitzen sah.

Sie bemerkte ihn nicht, saß hinter Florian Brunner auf der leise schnurrenden BMW – und Bernd starrte ihr, weiß wie ein Laken, unglücklich und deprimiert nach.

*

Sie hat sich sehr schnell getröstet, diese untreue Seele, dachte Bernd traurig. Während ich mir den Kopf darüber zerbreche, wie sich das Ganze wieder einrenken läßt, sitzt sie schon bei einem andern auf der Maschine und hat ihren Spaß.

Er litt darunter, daß Marion so leicht über den Bruch ihrer Freundschaft hinweggekommen war. Sie konnte für ihn nie so viel empfunden haben wie er für sie, und das deprimierte ihn. Er hatte sich das Zusammensein mit ihr so schön vorgestellt – auch ohne Motorrad.

Aber wer keine Maschine besaß, schien in Marion Sutters Augen ein Mensch zweiter Güte zu sein. Und wer eine Maschine besaß, diese aber nicht benutzte, sondern nur in der Garage stehen hatte, der konnte in ihren Augen wahrscheinlich nicht dicht sein.

Bernd schlich wie ein geprügelter Hund nach Hause. Er ging in die Garage und begann seine Kawasaki zu umkreisen. Mit dem Motorrad hätte er Marion zurückgewinnen können, aber wollte er das überhaupt?

War sie nicht viel zu vergnügungssüchtig, als daß es sich gelohnt hätte, sich um sie zu bemühen? Wenn man für sie erst dann was Wert war, wenn man auf zwei Rädern zum Rendezvous kam, war sie ohnedies nicht die Richtige für ihn.

„Schade", murmelte Bernd. „Ich hatte den Eindruck, wir würden gut zueinander passen."

Er blieb stehen, beugte sich vor, zögerte, legte die Hände auf die Griffe. Plötzlich sah er Regen, Hagelkörner, die rutschige Straße ...

Er erlebte den ganzen Unfall noch einmal. Jedes schreckliche Detail. Und er riß die Hände entsetzt zurück. Nein, er konnte nicht mehr Motorrad fahren.

Dieser folgenschwere Unfall steckte ihm zu tief in den Knochen, und er konnte sich nicht vorstellen, daß sich daran jemals etwas ändern würde.

Er wich von der Kawasaki zurück, als hätte sie Feuer gefangen. Sein Herz klopfte laut. Er preßte die Kiefer fest zusammen, knirschte mit den Zähnen.

Ein Geräusch veranlaßte ihn, sich umzudrehen. Die Tür, die von der Garage ins Haus führte, stand offen, und Bernd erblickte den Rollstuhl, in dem sein Bruder saß.

„Ist irgend etwas nicht in Ordnung?" fragte Robert.

Bernd schwieg.

„Du bist so blaß", stellte Robert fest. „Ist dir nicht gut?"

„Es ist alles bestens", knirschte Bernd.

„Früher haben wir immer über alles geredet. Können wir das nun nicht mehr?"

Bernd seufzte schwer. „Ich habe Marion gesehen."

„Ist es wirklich ganz aus zwischen euch?"

„Sie sitzt schon wieder bei einem anderen auf dem Motorrad", sagte Bernd bitter.

„Bei wem?"

Bernd zuckte die Achseln. „Ich weiß nicht, wie er heißt. Ist 'n Typ aus Sonnbrunn."

„Und von dir will sie nichts mehr wissen?"

Bernd senkte niedergeschlagen den Blick. „Ich kann ihr ja keine Fahrt mehr auf 'ner Maschine bieten."

„Meinetwegen?"

Bernd nickte. „In erster Linie – ja."

„Du bist nicht schuld an dem, was mir zugestoßen ist."

„Ich sehe das anders", sagte Bernd. „Außerdem macht mir die Kawasaki seit unserem Unfall Angst. Ich traue mir nicht mehr zu, sie sicher zu lenken. Dieses verfluchte Motorrad ist ein echter Unglücksbringer. Es hat dich die Fähigkeit, zu gehen, gekostet und mich Marion Sutter. Ich sollte Jochen Wessermann bitten, die Maschine für mich zu verkaufen."

„Laß dir Zeit damit", sagte Robert. „Überstürze nichts."

„Jedesmal, wenn ich die Kawasaki sehe, habe ich sofort wieder diese schrecklichen Bilder vor Augen. Und dann sehe ich dich – im Rollstuhl ..."

„Ich hab' noch eine Chance", sagte Robert. „Diese zweite Operation."

„O Robert, ich wollte, du hättest sie bereits hinter dir, und sie wäre positiv verlaufen."

Robert lächelte schmal. „Wenn der Himmelvater mich ein ganz klein wenig gern hat, wird der dafür sorgen, daß sich alles zum Guten wendet."

*

Kaplan Klingmann stieg vor der Raiffeisenbank vom Motorrad. Bernd Assen kam gerade heraus. Er grüßte Jürgen Klingmann und wollte weitergehen.

„Bernd!"

Bernd blieb stehen. „Ja?"

„Wie geht's denn immer?"

„Es geht so."

„Und deinem Bruder?" fragte Jürgen Klingmann.

„Robert wird nächste Woche zum zweitenmal operiert. Ein gebrochener Rückenwirbel drückt auf seinen Nervenstrang. Deshalb hat er kein Gefühl in den Beinen und kann nicht gehen. Man will ihm nun mit einer Entlastungsoperation helfen. Wie seine Chancen stehen, daß er danach wieder gehen kann, kann niemand sagen."

„Ich werde für ihn beten", sagte Jürgen Klingmann.

„Danke, Herr Kaplan."

„Bist du inzwischen über den Unfallschock hinweg?" erkundigte sich Jürgen Klingmann.

„Leider nein."

„Sieht man dich deshalb nie auf deiner Kawasaki?" fragte der Kaplan.

„Ich habe seit dem Unfall Angst vorm Motorradfahren."

„Was sagt denn Marion Sutter dazu?" wollte Kaplan Klingmann wissen.

„Sie hat mir den Laufpaß gegeben."

Jürgen Klingmann war überrascht. „Ist nicht wahr."

„Leider doch. Und sie hat sich einer Sonnbrunner Motorradclique angeschlossen. Roland Bauersinger heißt ihr Anführer. Ich habe mich erkundigt. Die Jungs reißen sich darum, Marion auf ihrem Motorrad mitnehmen zu dürfen. Sie können sich vorstellen, wie sie sich da fühlt."

Der Kaplan musterte Bernd Assen nachdenklich. „Du hast sie immer noch gern, nicht wahr?"

„Ja, aber was nützt das? Mit so einer ganzen Clique kann ich nicht konkurrieren."

„Du könntest dich der Clique anschließen", meinte Kaplan Klingmann. „Dann wärst du zumindest wieder in Marions Nähe."

Bernd Assen schüttelte langsam den Kopf. „Ich kann nicht mehr Motorrad fahren. Ich schaffe das nervlich nicht mehr."

„So schlimm hat es dich erwischt?"

„Wenn man mich zwingen würde, mit der Kawasaki einmal ums Dorf zu fahren, würde ich alle Zustände kriegen", gestand Bernd mit belegter Stimme.

„Das wird besser werden, sobald dein Bruder erfolgreich operiert wurde", meinte Kaplan Klingmann zuversichtlich.

„Vielleicht wird das meine Angst mindern, aber ob ich dann die Courage haben werde, wieder auf meine Maschine zu steigen, weiß ich noch nicht."

„Erinnerst du dich an unser Gespräch über die Motorradmesse?" fragte Jürgen Klingmann.

„Auf dem Sportplatz, nach dem Training, ja. Sie scheinen mit Ihrer Idee auf wenig Gegenliebe gestoßen zu sein."

Der junge Kaplan lächelte. „Irrtum. Inzwischen sind nahezu alle Schönwieser – bis auf einige wenige Querulanten – für diese Messe."

„Heißt das, es wird sie geben?"

Jürgen Klingmann nickte. „Das steht bereits fest."

„Wann?"

„Einen Termin haben wir noch nicht festgelegt", antwortete Kaplan Klingmann, „aber eines ist sicher: So lange, wie's schon gedauert hat, wird die Motorradmesse nun nicht mehr auf sich warten lassen. Es wäre schön gewesen, wenn du mit deiner Kawasaki ebenfalls daran teilgenommen hättest."

Über Bernd Assens Lippen kam nur ein müder Seufzer, sonst nichts.

*

Marion Sutter hatte mit der Clique einen herrlichen Sonntag verbracht. Nun fuhr Roland Bauersinger sie heim. Roland war ein kräftiger Bursche mit großen

Händen und harten Muskeln, dadurch geschah fast immer, was er wollte.

Die Gruppe akzeptierte ihn als Anführer und ordnete sich ihm unter, doch er nützte seine Position nicht über Gebühr aus, ließ auch andere Meinungen gelten und war nicht sauer, wenn sie besser waren als seine eigenen.

Von ihm nach Hause gebracht zu werden, war schon fast eine Ehre, deshalb fühlte sich Marion an diesem Abend auch ganz besonders wohl.

Jeder in der Clique hatte schon versucht, bei ihr zu landen, doch keinem war es bisher gelungen, denn Marion hatte es stets sehr geschickt und diplomatisch verstanden, die Jungs auf Distanz zu halten, ohne sie dabei zu kränken oder zu beleidigen.

Roland Bauersinger ließ seine schwere Maschine vor dem Haus ausrollen, in dem Marion wohnte.

„Danke fürs Bringen", sagte Marion.

„War mir ein Vergnügen", erwiderte Roland grinsend.

Sie waren beide abgestiegen und hatten die Sturzhelme abgenommen. Roland sah Marion tief in die Augen, und in seinen Pupillen loderte ein Feuer, das ihr riet, auf der Hut zu sein.

„Du hast angenehm frischen Wind in die Clique gebracht", behauptete Roland.

„Wirklich?"

„Manchmal gab es Tage, das waren richtige Durchhänger", erzählte Roland Bauersinger. „Seit du bei uns bist, gibt es so was nicht mehr. Alle reißen sich zusammen. Jeder möchte dir imponieren."

„So?"

Roland lachte. „Tu nicht so, als wäre dir das noch nicht aufgefallen."

„Ihr seid alle sehr nett zu mir."

Roland schmunzelte. „Und du bist sehr nett zu uns."

„Ich bin sehr glücklich, daß ihr mich in eure Clique aufgenommen habt. Ich glaube nicht, daß es auf der ganzen Welt ein Mädchen gibt, das lieber auf dem Motorrad sitzt als ich."

Roland schaute auf seine blitzende Maschine. „Wie sagt dir meine Harley zu?"

„Das ist die tollste Maschine von allen."

Roland machte eine wichtige Miene. „Hat mich eine Menge Zeit und noch mehr Zaster gekostet, bis sie so dastand. Du hättest sie sehen sollen, als ich sie gekauft habe. Verbeult, verrostet, vergammelt. Ich habe sie komplett zerlegt, habe geschweißt, ausgeklopft, geradegebogen, geschliffen, lackiert, verchromt, erneuert, was sich nicht mehr reparieren ließ. Neue Stoßdämpfer, Austauschmotor, neue Bereifung, bequemere Sitze ... Und nun ist mein Baby mein ganzer Stolz." Marion sagte: „Du darfst wirklich sehr stolz auf die Harley sein und auf deine Leistung. Deine Maschine sieht phantastisch aus. Zum Verlieben."

Roland lächelte. „Und ich? Sehe ich auch zum Verlieben aus?"

Marion kicherte. „Was willst du jetzt hören?"

„Ein schlichtes Ja würde mir genügen."

Sie errötete leicht. „Tut mir leid, damit kann ich dir nicht dienen."

„Wieso nicht? Habe ich irgend etwas an mir, das du abstoßend findest?"

Sie schüttelte den Kopf, ohne ihn anzusehen. „Überhaupt nicht."

„Findest du mich sympathisch?"

„Ja", kam es leise über ihre Lippen.

„Würdest du sagen, daß ich ganz passabel aussehe?"

Sie nickte zaghaft. „Würde ich sagen."

„Was hindert dich daran, dich in mich zu verlieben?"

„Bist du denn in mich verliebt?" fragte Marion Sutter heiser zurück.

„Ich glaube schon." Er nahm ihre Hände.

„Ich muß gehen."

Er zog sie zu sich. „Aus uns beiden kann was werden, das spüre ich."

„Laß mich bitte los, Roland."

Er ließ ihre Hände los, aber nur, um seine Arme um sie zu legen. Als er sie küssen wollte, drehte sie den Kopf rasch zur Seite. „Nein, Roland. Bitte nicht."

„Was hast du denn?"

Es – es geht mir zu schnell", keuchte Marion.

Er ließ sie los.

„Du weißt von Bernd Assen", sagte Marion. „Ich habe dir von ihm erzählt."

„Ja. Und?"

„Ich – ich fürchte, ich bin noch nicht darüber hinweg", sagte Marion heiser. „Laß mir ein bißchen Zeit, okay?"

„Du liebst Bernd immer noch."

Sie schüttelte den Kopf. „Nein, das nicht."

„Ich glaube schon."

„Nein, ganz bestimmt nicht", entgegnete Marion. „Es ist nur so ... Na ja, wir haben uns eine Zeitlang wirklich prima verstanden, und das kann ich einfach nicht so schnell vergessen."

Roland Bauersinger nickte verständnisvoll.

„Außerdem ..."

„Außerdem?" fragte der Anführer der Motorradclique mit forschendem Blick.

„Außerdem möchte ich nicht, daß sich Sabines Chancen verschlechtern."

Roland hob verwirrt die Augenbrauen. „Sabines Chancen?"

„Sag bloß, dir ist noch nicht aufgefallen, daß sie sich zu dir hingezogen fühlt."

„Sabine?" Jetzt wanderte auch Rolands rechte Augenbraue hoch.

„Sie ist meine Freundin. Sie hat mich in die Clique gebracht. Ich will nicht – gewissermaßen zum Dank dafür ..."

Er lächelte. „Sabine kann sich glücklich schätzen, so eine Freundin zu haben."

„Ich versuche nur fair zu sein. Mir wäre es auch nicht recht, wenn sie ..."

Roland unterbrach sie, indem er abwinkte. „Ich hab' schon kapiert."

„Wie findest du Sabine?"

„Ehrlich gesagt, ich hatte nicht vor, mich mit dir über Sabine zu unterhalten, aber ..." Er nickte. „Ich würde sagen, sie ist genauso schwer in Ordnung wie du."

„Wär es möglich, daß du dich etwas mehr um sie bemühen würdest?"

Roland Bauersinger lachte. „Also weißt du, du bist unglaublich."

„Ich möchte auch meinen Teil dazu beitragen, daß alle in der Clique sich so gut wie möglich verstehen."

Roland gab ihr einen ganz leichten, sehr liebevollen Kinnhaken. „Hör mal, warum läßt du dein blondes Haar nicht lang wachsen? Du würdest einen prima Engel abgeben."

*

Beim nächsten Cliquentreffen erlebten alle eine große Überraschung: Der Kaplan von Schönwies kam mit seinem Motorrad nach Sonnbrunn und fragte, ob er sich anschließen dürfe. Niemand hatte etwas dagegen, und so machte Jürgen Klingmann die geplante Ausfahrt mit. Roland Bauersinger und seine Freunde fanden sehr schnell heraus, daß der Kaplan hervorragend über Motorräder Bescheid wußte und in technischen Dingen oft besser beschlagen war als sie.

Bei dieser Fahrt saß Sabine Wohlmuth mit Roland auf der Harley Davidson, ohne zu wissen, daß Marion das für sie arrangiert hatte. Sie sah sehr glücklich aus – und Marion freute sich für die Freundin und war zufrieden.

Während eines gemütlichen Rasthausaufenthalts fachsimpelte Kaplan Klingmann mit den Motorradfreaks, und wer einen Blick dafür hatte, konnte sehen, daß Roland Bauersinger dafür sorgte, daß Sabine Wohlmuth sich in seiner Nähe wohl fühlte. Mein Werk, dachte Marion Sutter beglückt. Aber sie wird von mir nie erfahren, daß ich das für sie eingefädelt habe. Sie soll sich einfach nur darüber freuen.

Am Abend donnerte die Clique in breiter Formation durch die Schönwieser Hauptstraße, bestaunt (vom Unterwirt Sebastian Angerer), beobachtet (von der Kramerin Kathl Schöberl) und mit scheelen Blicken bedacht (von den Roten Schwestern).

Der untersetzte Angerer lachte. „Was sagt man zu unserem Kaplan? Der ist doch überall dabei."

Die Kramerin schlug die Hände über dem Kopf zusammen. „Heilige Muttergottes, jetzt ist unser Kaplan schon Mitglied einer Motorradbande."

„Schleppt der Kaplan uns auch noch diese motorisierten Banditen an, also das ist doch wirklich die Höhe!" ereiferte sich Sophie Jäger.

„Wenn es nach mir ginge, wäre der die längste Zeit Kaplan in Schönwies gewesen", sagte Fanny Gressl giftig.

Roland Bauersinger und seine Freunde begleiteten Jürgen Klingmann bis vors Pfarrhaus. Beim Abschied sagten die Sonnbrunner, es würde sie freuen, wenn der Schönwieser Kaplan sich bald wieder bei ihnen blicken lassen würde.

„Ich komme gern", sagte Jürgen Klingmann, erfreut darüber, daß er so einen guten Draht zur Jugend hatte. „Vielleicht schon morgen, wenn ich es einrichten kann."

Er konnte es einrichten, und die Verbindung zwischen ihm und der Clique wurde immer enger. Marion sah es mit Freude, daß der Kaplan bei Roland und seinen Freunden so gut ankam, doch es drängte sich ihr insgeheim die Frage auf, was Jürgen Klingmann damit bezweckte. Welches Ziel mochte der schlaue, intelligente Jürgen Klingmann verfolgen? Nachdem er das viertemal mit der Sonnbrunner Clique unterwegs gewesen war, fragte er beiläufig: „Darf ich auch mal einen Freund mitbringen?"

„Jeder der Motorräder liebt, ist uns willkommen", antwortete Roland Bauersinger im Namen aller.

„Apropos Motorräder", sagte Kaplan Klingmann. „Demnächst werden wir in Schönwies eine Motorradmesse feiern. Ich hoffe, ihr werdet da geschlossen erscheinen."

„Ehrensache", grinste Roland. „Sie brauchen uns nur den Termin zu nennen, schon kommen wir angeknattert."

*

„Ich habe mir alles, was Sie gesagt haben, gründlich durch den Kopf gehen lassen, Herr Pfarrer", sagte Xaver Gabler, der Totengräber.

Paul Schmieder hatte soeben im Pfarrhausgarten den Sommerschnitt der Apfelbäume beendet. Er ließ die Leiter stehen und setzte sich mit Gabler vor dem Pfarrhaus auf die Bank.

„Sie haben recht", gab der Totengräber zu. „Gott hat jedem eine Aufgabe gegeben, vor der er sich nicht drükken darf. Und es stimmt auch, daß ich den Toten mit meiner Arbeit einen allerletzten Dienst erweise. So habe ich das bisher nicht gesehen."

Pfarrer Schmieder lächelte mild. „Manchmal braucht man jemanden, der einem die Augen öffnet."

„Es muß diese Zahl gewesen sein, die mich so sehr erschreckt hat. Dreihundert ... Männer, Frauen, Kinder ... Das hat mir ein wenig zu schaffen gemacht, doch nun bin ich darüber hinweg. Ich habe begriffen, wie wichtig meine Arbeit ist, und ich werde sie fortsetzen, solange meine Kräfte reichen. Wer sonst soll die Toten begraben, wenn nicht ich?"

„Ich finde, das ist eine sehr vernünftige Einstellung."

„Zu der Sie mir verholfen haben, Hochwürden", sagte Xaver Gabler erleichtert. „Wie kann ich Ihnen dafür danken?"

„Gut, daß Sie mich das fragen", antwortete Paul Schmieder. „Das macht es mir leichter, Sie um einen Gefallen zu bitten."

„Sie können von mir verlangen, was Sie wollen. Ich stehe tief in Ihrer Schuld."

„Sie schulden mir überhaupt nichts ..."

„Was haben Sie auf dem Herzen, Herr Pfarrer?" wollte der Totengräber forsch wissen. „Heraus damit."

„Sie haben vielleicht schon gehört, daß wir eine Motorradmesse planen."

„Unter freiem Himmel?" fragte Xaver Gabler.

„In unserer Kirche hätten die vielen Motorradfahrer, die wir erwarten, wohl kaum Platz."

„Wo wollen Sie die Messe zelebrieren?" erkundigte sich der Totengräber.

„Der Bürgermeister stellt uns die Gemeindewiese zur Verfügung. Was wir demnächst brauchen, sind tüchtige, arbeitswillige Leute. Menschen mit starken Händen, die kräftig zupacken können ..."

„Menschen mit solchen Pranken." Gabler zeigte seine sehnigen, knorrigen Hände.

„Ja."

„Und was ist zu tun?" erkundigte sich Xaver Gabler.

„Man muß einen Altar bauen, Bänke müssen aufgestellt werden und so weiter und so fort."

„Sie sagen, wann Sie mich brauchen, und ich werde zur Stelle sein", versprach Gabler.

„Ich danke Ihnen."

„Nein. Ich danke Ihnen – dafür, daß Sie mir die Möglichkeit geben, mich zu revanchieren, Herr Pfarrer. Wir werden dafür sorgen, daß diese Motorradmesse ein unvergeßlicher Gottesdienst wird, nicht wahr?"

Paul Schmieder lächelte. „Das hoffe ich."

*

„Hallo, Bernd! Bernd!" rief Kaplan Klingmann im Supermarkt. Rasierseife und eine Zehnerpackung Naßrasierer lagen in seinem Einkaufswagen, sonst nichts. Bernd Assen hatte sich drei Dosen eines isotonischen Pulvers geholt, das im Sonderangebot war. Er wirkte heute etwas lockerer und gelöster – als wäre ein schwerer Druck von ihm abgefallen.

„Grüß Gott, Herr Kaplan", sagte Bernd lebhaft. „Ich hab' Sie nicht gesehen. Wie geht's?"

„Wie geht es dir?"

„Besser", antwortete Bernd.

„Dein Bruder wurde heute operiert, nicht wahr?"

„Ja", nickte Bernd.

„Und?"

Bernd strahlte. „Die Operation war erfolgreich. Die Ärzte haben uns versichert, daß Robert bald wieder gehen wird."

„Das ist ja wunderbar", sagte Jürgen Klingmann ehrlich begeistert.

„Finde ich auch."

„Dann hat der Herrgott mein Gebet also erhört", freute sich der junge Kaplan.

„Danke, daß Sie für meinen Bruder gebetet haben, Herr Kaplan. Sie können sich nicht vorstellen, wie nervös ich war. Ich habe in der Nacht von gestern auf heute kein Auge zugetan. Fortwährend mußte ich an meinen armen Bruder denken. Und nun – diese große Erleichterung. Ich kann es noch gar nicht richtig fassen. Robert wird den Rest seines Lebens nicht im Rollstuhl verbringen müssen. Ich bin so glücklich, ich freue mich so sehr für ihn …" Bernd brach ab und hatte Tränen in den Augen.

„Das gibt dir bestimmt mächtig Auftrieb und neuen Halt."

„Und wie. Sie haben ja keine Vorstellung, wie trist und grau die letzten Tage und Wochen für mich waren."

„Wird man dich jetzt wieder auf der Kawasaki sehen?"

„Das nicht."

„Immer noch Angst?"

Bernd senkte verlegen den Kopf. „Ja."

„Du brauchst dich deshalb nicht zu schämen. Angst ist eine völlig normale Reaktion."

„Ich – ich kann mich nicht auf die Kawasaki setzen", sagte Bernd gepreßt. „Ich schaff's einfach nicht."

„Vielleicht solltest du zunächst nur mal mitfahren. Nicht selbst fahren, verstehst du? Nur mitfahren. Zum Beispiel bei mir auf dem Soziussitz. Damit du die Angst verlierst und allmählich wieder Lust aufs Motorradfahren bekommst. Was hältst du davon?"

Bernd nickte. „Hört sich nicht schlecht an."

„Du könntest damit zwei Fliegen mit einer Klappe schlagen."

„Wieso zwei Fliegen?" fragte Bernd verwirrt.

„Die zweite Fliege ist Marion Sutter."

„Ich verstehe Sie nicht", sagte Bernd mit belegter Stimme.

„Sie gehört doch, seit sie sich von dir getrennt hat, dieser Sonnbrunner Motorradclique an."

„Und?"

Bernd Assen schob seinen Einkaufswagen unruhig hin und her.

„Man hat mich da vor kurzem auch aufgenommen."

Bernd sah den Kaplan mit schmalen Augen an. „Sie haben sich doch sicher nicht ohne Hintergedanken um diese Aufnahme bemüht."

„Na ja, ich hatte da so eine Idee, wie du eventuell mit Marion wieder zusammenkommen könntest. Die Clique besteht aus lauter sympathischen jungen Leuten. Man hat mich sehr nett aufgenommen und hätte nichts dagegen, wenn ich jemanden mitbringe. Ich habe gefragt."

„Haben Sie auch gesagt, wen Sie mitbringen möchten?" fragte Bernd.

„Das habe ich möglicherweise zu erwähnen vergessen, aber der Clique ist jeder willkommen, der etwas für Motorräder übrig hat. Gleiche Interessen – die sind das Kriterium."

Bernd holte tief Luft und sagte dann entschieden: „Wenn Sie vorhaben, nach Sonnbrunn zu fahren, werde ich nicht mitkommen."

„Liebst du Marion nicht mehr?"

„Doch", antwortete Bernd heiser, „aber sie hat für mich nichts mehr übrig, deshalb ist es ihr bestimmt nicht recht, wenn Sie mit mir in Sonnbrunn aufkreuzen."

„Wieso glaubst du, daß Marion für dich nichts mehr übrig hat?"

„Hätte sie mir sonst den Laufpaß gegeben?" antwortete Bernd mit einer Gegenfrage.

„Ich glaube, diesen Fehler hat sie inzwischen längst bereut", sagte Jürgen Klingmann.

„Was sie sich so alles aus dem Finger saugen."

„Paß auf", sagte der junge Kaplan, „wie gefällt dir das? Alle Jungs haben sich um Marion bemüht, aber keiner hatte auch nur den Hauch einer Chance."

„Wer sagt das?"

„Florian Brunner", antwortete Kaplan Klingmann. „Er fährt eine tolle BMW. Marion mag die Jungs zwar, aber richtig ran läßt sie keinen von ihnen. Sie hält sie alle auf Distanz. Warum wohl? Meinst du nicht, daß dir das zu denken geben sollte? Wenn du mit mir nach Sonnbrunn fährst, bist du in Marions Nähe. Und wir können dann ja mal sehen, wie sich die Dinge entwickeln."

Bernd Assen schüttelte langsam den Kopf. „Ich halte es für besser, nicht mit Ihnen nach Sonnbrunn zu fahren."

„Ich schaue morgen kurz bei dir vorbei", meinte Jürgen Klingmann gelassen. „Wenn du dann immer noch nicht mitkommen möchtest, ist es in Ordnung."

*

Zuerst war es ein Schock für Marion, als sie sah, wer bei Kaplan Klingmann auf dem Sozius saß, und sie begrüßte Bernd Assen auch ziemlich eisig, aber ihr heftig pochendes Herz ging allmählich in wild lodernde Flammen auf. Sie konnte sich vorstellen, was für eine Überwindung es Bernd gekostet hatte, nach Sonnbrunn zu kommen – mitten hinein in die Clique, zu der sie schon seit längerem gehörte.

Das hätte er bestimmt nicht getan, wenn er sie nicht immer noch lieben würde und zurückgewinnen wollte. Mußte sie ihm das nicht hoch anrechnen? Und – hatte sie ihn nicht auch noch immer gern? War sie ihm gegenüber nicht sehr ungerecht gewesen? Mit seinem Kommen streckte er ihr gewissermaßen die Hand zur Versöhnung entgegen. War es nicht geradezu ihre Pflicht, diese Hand zu ergreifen?

Alle spürten die Spannung, die zwischen Marion Sutter und Bernd Assen bestand, doch keiner verlor darüber ein Wort. Roland Bauersinger machte einen Tourenvorschlag, der einstimmig angenommen wurde.

Und daß jetzt immer Sabine Wohlmuth bei ihm mitfuhr, wurde für die andern langsam zur Selbstverständlichkeit. Roland und Sabine – die beiden gehörten seit kurzem zusammen ... Nach der Tour fiel die Clique mit einem Mordshunger in die Schönwieser Pizzeria „Da

Camillo" ein, doch es war für Camillo Scarletti und seine Frau Rosa kein Problem, alle satt zu kriegen. Da die Stimmung so super war, griff „Don Camillo", wie er oft scherzhaft genannt wurde, zur Gitarre und sang für seine ausgelassenen Gäste italienische Gassenhauer von gestern und heute. Und hier, im „Da Camillo", kamen sich Marion und Bernd allmählich wieder näher. Kaplan Klingmann hatte es in weiser Voraussicht so arrangiert, daß die beiden nebeneinander saßen, und seine Rechnung war, was ihn sehr freute, voll aufgegangen.

„Ich habe gehört, daß Robert bald wieder wird gehen können", sagte Marion zu Bernd.

Camillo Scarletti sang „O sole mio".

Bernd nickte. „Er hatte großes Glück. Die zweite Operation war erfolgreich."

„Ich freue mich ganz wahnsinnig für ihn", sagte Marion.

Bernd schluckte bewegt.

„Du, Bernd ..."!

„Ja, Marion?"

Nach „O sole mio" sang Scarletti „Sempre tu". Er hatte eine gute Stimme, voll und rein. Mit Luciano Pavarotti konnte er zwar nicht konkurrieren, aber der kam sowieso nie nach Schönwies.

„Es tut mir leid", sagte Marion leise.

„Was tut dir leid?" fragte Bernd.

„Was ich gesagt und getan habe. Es war nicht fair. Ich hätte mehr Verständnis aufbringen müssen. Dieser Unfall mit seinen schrecklichen Folgen. Es war keine Kleinigkeit, das zu verkraften, doch anstatt zu dir zu halten, dich zu trösten und seelisch wieder aufzurichten, bin ich fortgelaufen und habe dich mit deinem Kummer und deinem Schmerz allein gelassen. Ja, ich habe dir sogar noch einen weiteren Schmerz zugefügt. Das war rücksichtslos und dumm von mir, und ich bin nicht sicher, ob du mir vergeben kannst, aber ich möchte, daß du weißt, daß es mir unendlich leid tut."

Zaghaft griff Bernd nach ihrer Hand. Er zitterte, und er spürte, daß sie ebenfalls zitterte. Seine Kehle war so eng, daß er im Moment kein einziges Wort herausbrachte. Sie sahen einander nur in die Augen – schweigend, verständnisinnig, verliebt, während Scarletti, wie einst Domenico Mudogno, „Ciao, ciao, bambina" sang. Und dann – dann küßten sie sich. Zum erstenmal. Scheu. Vor aller Augen. Und keiner hatte etwas dagegen. Jeder gönnte ihnen dieses große Glück, weil allen schon lange – schon bevor Bernd Assen nach Sonnbrunn gekommen war – klar war, daß sie zusammengehörten.

*

Die Motorradmesse wurde einer der schönsten und feierlichsten Gottesdienste, die Pfarrer Schmieder je abgehalten hatte. Von nah und fern waren die Zweiradfans mit ihren Maschinen nach Schönwies gekommen.

Die Festwiese zwischen Martinsheim und Friedhof war von Menschen und Motorrädern übersät. Ganz Schönwies nahm an diesem großen Gottesdienst teil.

Aber auch aus Sonnbrunn und den umliegenden Dörfern waren Gläubige gekommen, um mit Pfarrer Schmieder zu feiern und zu beten. Paul Schmieder war in seinem Element. Er hatte noch nie vor so vielen Menschen gepredigt und das Hochamt zelebriert, und es stand für ihn fest, daß er dieses schöne, bewegende Erlebnis nie vergessen würde.

Er segnete die Fahrer und ihre Maschinen. Auch Bernd Assens Kawasaki war dabei. Bernd war selbst hierher gefahren, und Marion Sutter hatte auf dem Soziussitz gesessen.

Der Bann war gebrochen. Bernd hatte keine Angst mehr vor seiner Maschine. Das hatte er dem Kaplan zu verdanken. Das – und noch vieles mehr.

Er tauschte mit Marion einen verliebten Blick, dann sanken sie auf die Knie und nahmen Pfarrer Schmieders Segen andächtig entgegen.

Nach der Messe begann das Dorffest, wobei Max Wurzer meinte, aus dem Ganzen wäre mehr herauszuholen gewesen, wenn Pfarrer Schmieder ihm nicht so viele Bedingungen diktiert hätte.

Der Geistliche, einen Bierkrug in der Hand, schmunzelte. „Ich habe Sie nicht gezwungen, meine Bedingungen zu akzeptieren, lieber Bürgermeister. Sie hatten die Wahl."

„Ja, und zwischen was konnte ich wählen? Zwischen einem Fest nach Ihrem Willen – und keinem Fest. Sie haben mir das Messer an die Brust gesetzt, Hochwürden. Ich weiß nicht, ob ich Ihnen das jemals werde nachsehen können."

„Sie werden, lieber Bürgermeister. Sie werden. Spätestens dann, wenn Sie erfahren, welchen Reingewinn die Gemeinde mit diesem gebremsten Fest erzielt hat."

Jene Schönwieser, die dem Fest mit ein bißchen Bauchgrimmen entgegengesehen hatten, wurden angenehm überrascht. Die Motorradfans benahmen sich erfreulich gesittet. Keiner von ihnen fiel aus dem Rahmen. Niemand raste kreuz und quer durch das Dorf und erschreckte alte Leute. Alle Befürchtungen erwiesen sich als unbegründet. Motorradfahrer und Nicht-Motorradfahrer kamen wunderbar miteinander aus, und so würde es in die Geschichte von Schönwies als das friedlichste und harmonischste Fest aller Zeiten eingehen. Roland Bauersinger, Sabine Wohlmuth und die ganze übrige

Sonnbrunner Clique amüsierten sich ganz hervorragend. Auf Marion Sutters und Bernd Assens Gesellschaft mußten sie allerdings verzichten, denn die suchten sich lieber – was nicht ganz einfach war – ein Plätzchen, wo sie ungestört waren, sich leise nette Dinge sagen, einander zärtlich streicheln und immer wieder liebevoll und innig küssen konnten.

Auch sie würden die Motorradmesse und das anschließende Fest nie vergessen, denn an diesem Tag begann ihre Liebe erst richtig zu wachsen und zu gedeihen.

Sie waren zwar noch jung, aber sie wußten dennoch beide mit absoluter Sicherheit, daß sie zusammengehörten und von nun an für immer zusammenbleiben würden. In ein oder zwei Jahren würde Pfarrer Schmieder sie trauen, und dann würde der Himmel die Grenze ihres Glücks sein.

Man sah den Totengräber mit der Gemeindeschwester Innozentia tanzen und konnte beobachten, wie Walburga Gerstl, die Bäckerin, sich mit ihrem Ehemann Franz vergnügte.

Noch nie hatten sich kirchliche und weltliche Gemeinderäte besser vertragen. Man war ein Herz und eine Seele. Ein nie erlebtes Zusammengehörigkeitsgefühl erfüllte alle Schönwieser und Schönwieserinnen, und alle, ohne Ausnahme, lobten die großartige Idee des Kaplans.

Jürgen Klingmann ließ sich gerne feiern. Er badete in Zuneigung und Wohlwollen und wünschte sich, daß auch seinen künftigen Einfällen ein solch durchschlagender Erfolg beschieden sein würde.

Es wurde langsam Abend, und selbst die Roten Schwestern mußten zugeben, daß sie sich noch nie so gut amüsiert hatten. Während der Bäcker mit dem Postmichl einen Humpen „zischte", gesellte sich die Bäckerin kurz zu Sophie Jäger und Fanny Gressl.

„Na, was sagt ihr dazu?" tönte Wally Gerstl. „Ist doch von A bis Z ein gelungenes Fest. Und so etwas wollten wir um jeden Preis verhindern. Ich bin froh, daß wir keinen Brief an Seine Heiligkeit in Rom geschrieben und auch keine Unterschriftenaktion veranstaltet haben. Wir hätten uns damit nur ganz entsetzlich blamiert."

„Wenn Ihr Mann so weitertrinkt, werden Sie ihn nach Hause tragen müssen", stichelte Fanny Gressl.

„So etwas hätte sich mein Mann nie getraut", behauptete Sophie Jäger. „Sie sollten die Zügel etwas straffer halten, meine Liebe, sonst macht Ihr Mann bald nur noch, was er will. Ich kann mir nicht vorstellen, daß Ihnen das recht ist."

„Einen Humpen in Ehren kann niemand verwehren."

Sophie Jäger kräuselte die Nase. „Einen Humpen mit dem Postmichl, einen mit dem Bürgermeister, einen mit dem Pfarrer oder dem Kaplan – wer gerade verfügbar ist –, einen mit dem Doktor ... Da kommt ganz schön was zusammen."

„Ich muß gehen", sagte die Bäckerin, die sich das Gerede nicht länger anhören wollte, und machte sich aus dem Staub.

„Na, unterhaltet ihr euch gut?" wurden die Roten Schwestern im Vorbeigehen von Erika Maus gefragt.

„Ein Prachtfest", gab Sophie Jäger zurück. Sie wandte sich an ihre Schwester und sah sie vorwurfsvoll an. „Ich war ja von Anfang an nur sehr halbherzig dafür, daß wir dagegen sind, aber du hast ja nicht lockergelassen. Du wolltest ja unbedingt, daß wir etwas dagegen unternehmen. Ich bin froh, daß ich mich von dir nicht zu irgendeinem himmelschreienden Blödsinn habe überreden lassen, sondern vernünftig und standhaft geblieben bin."

Fanny Gressl fiel das Kinn auf die Brust.

„A-also, das ist doch Unerhört ist das. Wer hat denn gesagt: ‚Eine Motorradmesse? In Schönwies? Das lassen wir niemals zu, da gehen wir auf die Barrikaden!'"

„Du!"

Fanny Gressl riss die Augen auf. „Waaas? Und von wem stammt die Parole ‚Schönwies den Schönwiesern?'"

„Von dir!"

„Also das ist doch eine Ungeheuerlichkeit sondergleichen!" empörte sich Fanny Gressl – und so ging es weiter und weiter und weiter ...

Aber das war der einzige Streit, den es an diesem gelungenen Tag in Schönwies gab, und den brauchte keiner besonders ernst zu nehmen, denn daß die beiden bissigen Weiber sich nicht vertrugen, kam öfter mal vor.